U.G.E. 10|18
12, avenue d'Italie - PARIS XIIIe

Du même auteur
dans la collection 10/18

MORTELLE CÉRÉMONIE, n° 2370

LE NEUVIÈME NETSUKE

PAR

JAMES MELVILLE

Traduit de l'anglais
par Gilles BERTON

10|18

« *Grands Détectives* »
dirigé par Jean-Claude Zylberstein

ÉDITIONS PHILIPPE PICQUIER

Si vous désirez être régulièrement tenu au courant
de nos publications, écrivez-nous :
Éditions 10/18
12, avenue d'Italie
75627 Paris Cedex 13

Titre original :
The Ninth Netsuke

ISBN 2-264-01783-X

Pour John Blackwell

Hyogo étant une authentique préfecture japonaise, dotée d'une police propre, il convient de souligner que tous les personnages de ce récit sont fictifs et ne sont basés sur aucune personne, vivante ou morte.

James MELVILLE

Netsuke : Petite figurine d'ivoire sculpté d'environ cinq centimètres de haut. Pièces très ouvragées qui connurent une grande vogue dès le XVIIIe siècle au Japon et conçus à l'origine pour simplement fermer une humble tabatière. Les artistes sculptaient ainsi des animaux, des figurines grotesques, voire des hommes ou des femmes ou des scènes érotiques. Ce sont aujourd'hui des objets d'antiquité très recherchés.

Chapitre 1

— Avoue, dit Tetsuo Otani à sa femme Hanae, que tu préfères que j'y aille avec toi plutôt qu'avec une autre, n'est-ce pas ?

Pour toute réponse, Hanae lui jeta un regard oblique.

C'était un bel après-midi de fin d'automne, et ils montaient une étroite rue en pente proche du quartier commerçant de Motomachi, dans la ville de Kobe. Le commissaire Otani arborait le visage grave qui lui était habituel, mais son regard malicieux fit comprendre à Hanae qu'il était résolu à mettre son projet à exécution, et elle abandonna l'air pincé qu'elle avait adopté depuis qu'ils avaient quitté la gare.

— Tu as de ces idées ! fit-elle d'un air faussement offusqué. A notre âge, c'est tout simplement ridicule. Ils vont tout de suite se douter de quelque chose.

Ils venaient de dépasser une petite épicerie ouverte sur la rue quand Otani s'immobilisa pour examiner Hanae. Elle avait une quarantaine d'années mais aurait pu facilement prétendre en avoir cinq de moins. Peut-être pour dissimuler son embarras, elle s'était maquillée avec encore plus de soin que d'habitude, et portait la robe de soie bleue qu'Otani lui avait offerte grâce à sa prime d'été.

— Ha-chan, déclara-t-il en lui agitant son index sous le nez, tu es très séduisante et tu as l'air très gênée. Exactement comme une femme mariée qui se prépare à passer un moment agréable avec son amant.

Hanae soupira et secoua la tête d'un air résigné.

— J'ai l'impression de faire une folie. On ...on dirait qu'il y en a beaucoup, de ces endroits, n'est-ce pas ?

Otani regarda autour de lui.

— Tiens, dit-il en tendant le doigt, tu vois cette espèce de château avec des petites tours ? C'est le Hawaï. Derrière, il y a la Grotte Bleue. L'Impérial et le Fantasia sont tout près. Il y en a une bonne cinquantaine rien qu'à Kobe. Chacun comprend douze à vingt chambres, louées au moins trois ou quatre fois par jour. Crois-moi, en ce moment même, il y a beaucoup de gens de notre âge qui prennent du bon temps…

Ils reprirent leur chemin, passèrent des vitrines de restaurants exposant des sandwiches et des spaghetti en plastique, et tournèrent au coin de rue suivant. Le Fantasia Hotel n'était plus qu'à quelques dizaines de mètres. Au fur et à mesure qu'ils en approchaient, les joues d'Hanae rosissaient un peu plus. Ils longèrent un parking avec rangées trois voitures aux plaques minéralogiques discrètement dissimulées à la vue des passants par des panneaux au nom de l'hôtel appuyés contre les pare-chocs. Hanae tomba en arrêt devant un caisson lumineux mauve annonçant en lettres noires les spécialités de la maison.

FANTASIA HOTEL
Lits tournants
TV couleur
Vidéo
Films d'ambiance
BIENVENUE…
Réservez la Chambre de vos Rêves
Repos de courte durée (deux heures) à partir de 5 200 yen
Hébergement pour la nuit à partir de 8 500 yen

— Chéri, je ne peux pas… fit Hanae d'une voix blanche.

Mais elle dut emboîter le pas à Otani, qui avait déjà franchi la porte de verre automatique.

Dans le hall exigu les attendait un autre panneau présentant des photos de quelques chambres. L'une, tel un boudoir de star, était tout en chrome, verre et tapis blancs ; une autre était meublée dans un style vaguement napoléonien, avec un lit à baldaquin et des tapisseries Régence, tandis qu'une troisième, décorée de batiks, était équipée d'un lit à eau. Les autres chambres n'étant pas présentées en photo, seul leur nom donnait une idée de l'ambiance qu'elles entendaient recréer. Otani consulta la liste avant de s'approcher d'une petite cabine semblable à une caisse de cinéma, dont la cloison opaque ne laissait voir que deux mains de femme.

— La chambre de la Douce Harmonie est-elle libre ? demanda-t-il avec assurance.

Presque aussitôt, une des mains glissa une clé par le guichet.

— Soyez les bienvenus. Chambre 403, quatrième étage, fit une voix dotée d'un fort accent d'Osaka.

En entrant dans l'étroite cabine de l'ascenseur, Otani adressa un sourire à Hanae.

— Tu vois ? dit-il d'un ton encourageant. Ils font tout pour mettre les clients à l'aise.

Hanae baissa la tête et regarda la petite clé fixée à une pastille de plastique rose.

— Qu'aurais-tu fait si elle avait été occupée ? demanda-t-elle.

L'ascenseur s'arrêta et Hanae suivit Otani jusqu'à la chambre 403. Un témoin rouge clignotait au-dessus de la porte. Quatre autres chambres donnaient sur le petit couloir. Au-dessus des portes, deux lampes rouges brillaient fixement, et les deux autres étaient éteintes.

— Je ne sais pas, répliqua-t-il en entrant dans la chambre. J'avais prévu qu'il n'y aurait pas trop de monde à cette heure-ci, et puis nous avons eu de la chance.

Dès qu'Hanae fut entrée, elle ouvrit de grands yeux. L'élément principal du décor était un vaste lit circulaire bordé de miroirs sur trois côtés, et juché sur une sorte d'estrade recouverte de fourrure synthétique. Dans un coin était installé un téléviseur avec une caméra vidéo. Un rideau, pour l'instant tiré, séparait le lit du reste de la chambre, meublée d'une minuscule penderie, d'une table basse, d'un fauteuil, d'un petit réfrigérateur, avec la liste des tarifs posée dessus, et d'un coffre plat en plastique imitation laque contenant deux kimonos de coton soigneusement pliés.

Hanae, qui allait de surprise en surprise, pouffa en découvrant la salle de bains aux carreaux émeraude et or, avec une baignoire encastrée dans le sol et un matelas gonflable. A présent beaucoup plus à l'aise, elle ôta ses chaussures et grimpa sur le lit. Otani vint s'asseoir à côté d'elle et appuya sur un des boutons de la console installée à portée de main. Le lit se mit à tourner, déséquilibrant Hanae. Otani stoppa le mouvement en appuyant sur un autre bouton, puis découvrit qu'un troisième bouton le faisait tourner en sens inverse. Un nombre infini d'Hanae se reflétèrent dans les miroirs. Otani immobilisa le lit et pointa son doigt sur l'image multiple de sa femme.

— Voilà l'idée que je me fais du paradis, déclara-t-il. Faire l'amour à des tas d'Hanae en même temps.

Hanae rougit une nouvelle fois, puis se tourna vers son mari d'un air grave.

— Nous devrions avoir honte, dit-elle. Nous conduire comme des enfants dans la chambre où a été tuée cette pauvre fille. Mais… es-tu bien sûr que c'est celle-ci ?

Otani acquiesça d'un hochement de tête.

— Oui. Il y a quatre jours de ça. J'en suis certain. Le nom et le numéro de la chambre correspondent à ceux qui figurent dans le rapport de Kimura. (Il s'allongea sur le lit, les mains croisées sous la nuque, et contempla son reflet dans le miroir fixé au plafond.) Pendant la journée, ces hôtels sont surtout fréquentés par des jeunes gens qui n'ont pas d'autre endroit pour se retrouver. Et aussi par des employés de bureau. Tu sais que ce genre de liaison est fréquent. Ce n'est que le soir que les hôtesses de bar et les prostituées y amènent leurs clients. Vois-tu, Ha-chan, cette chambre a dû être le témoin d'autant de bons moments que de mauvais. Mais les affaires continuent, et le Fantasia Hotel a rouvert moins de trente-six heures après la découverte du cadavre.

Hanae se redressa sur un coude et regarda son mari allongé à son côté.

— Pourquoi tenais-tu à venir ici ? lui demanda-t-elle.

Avant de répondre, il tendit la main et appuya sur un autre bouton de la console, mais rien ne se passa.

— Oui, je sais, c'est Kimura qui s'occupe de cette affaire, fit-il d'un ton songeur. Mais avec les étrangers, on ne sait jamais. Je risque d'avoir affaire à un consul ou à je ne sais qui... et puis je n'ai pas beaucoup de travail en ce moment.

Hanae eut un petit sourire.

— En réalité, dit-elle, tu t'ennuies. Et tu n'as rien trouvé de mieux à faire que de mettre ton nez dans les affaires de ce pauvre Kimura...

Otani lui fit une grimace.

— Je n'ai aucune intention de faire une chose pareille, déclara-t-il avec emphase.

Comme Hanae le fixait sans mot dire, il roula sur le côté et se remit à tripoter les boutons de la console.

— Regarde ! dit-il en montrant le téléviseur qui s'allumait.

Hanae se vit à l'écran, appuyée sur un coude à côté d'Otani. Elle ouvrit la bouche de stupéfaction tandis qu'Otani faisait une nouvelle grimace avant d'éteindre l'appareil.

— Mais qu'est-ce que...?

— Magnétoscope. C'est inclus dans le prix, répondit Otani. Mais j'avais oublié que nous ne devions pas faire de bruit. (Hanae, comme piquée par une guêpe, se redressa et fit mine de descendre du lit. Otani la retint en souriant.) Rassure-toi, fit-il. J'effacerai la bande avant de partir.

— Cet endroit ne me plaît pas beaucoup, déclara Hanae d'une voix incertaine. Je préférerais m'en aller, si ça ne te fait rien.

— Encore un moment. Je n'ai pas tout vu, répliqua Otani en se dirigeant vers le réfrigérateur.

Il y trouva des boîtes de bière et de Coca-Cola, des sachets de noix, des crackers au riz et une petite bouteille de whisky Suntory.

— Est-ce que tu as soif ? s'enquit-il.

Hanae fit non de la tête. Otani s'assit dans le fauteuil près de la petite table et arracha la languette d'une boîte de bière Sapporo. Après un instant d'hésitation, il se décida à la boire sans verre.

Hanae, toujours allongée sur le lit, examinait la chambre d'un air intrigué.

— Qu'espérais-tu trouver en venant ici ? lui demanda-t-elle.

Otani but une longue gorgée de bière avant de répondre.

— Je ne sais pas trop, à vrai dire, avoua-t-il. Les gérants ont commencé par prétendre qu'ils n'avaient jamais vu la fille, mais dès les premières questions que Kimura a posées aux femmes de ménage, il s'est avéré qu'elle venait ici deux ou trois soirs par semaine, et qu'elle demandait presque toujours cette chambre.

— Comment les femmes de ménage peuvent-elles le savoir ? demanda Hanae d'un air incrédule. Quand nous sommes entrés, nous n'avons vu personne.

— Peut-être, mais tu verras au moment de partir. Quand les clients sont prêts à s'en aller, ils appellent la réception pour signaler ce qu'ils ont pris dans le frigo. Quelqu'un monte alors la note, et, pendant que le client paie, la bonne jette un coup d'œil dans la chambre pour vérifier que tout est en ordre. Sinon les gens pourraient détériorer les chambres ou partir sans payer. C'est pourquoi, dès qu'on ouvre la porte, un témoin se met à clignoter à la réception.

— J'ai l'impression que tu en connais un rayon, remarqua Hanae d'un air suspicieux.

Otani lui sourit, puis termina sa bière.

— J'en connais un rayon sur des tas de choses, dit-il. Et ce que j'ignore, je le demande à Ninja ou à Kimura. Tout ce que je viens de te raconter se trouve dans le rapport de Kimura. La seule chose qu'il ne sait pas, c'est comment l'assassin a pu quitter l'hôtel sans se faire remarquer. C'est pourquoi je me suis dit qu'il valait mieux que je me rende compte par moi-même de la disposition des lieux.

Il se leva et entra dans la salle de bains. Elle était pourvue d'une petite fenêtre en verre dépoli d'une vingtaine de centimètres de large, percée haut dans le mur. Otani enleva ses chaussures, monta sur le rebord de la baignoire et ouvrit le carreau. La fenêtre, conçue pour ne pouvoir être qu'entrebâillée, donnait sur un mur aveugle distant d'une cinquantaine de centimètres. Le soir du crime, on avait examiné le cadre de la fenêtre à la recherche d'éventuelles empreintes, sans rien trouver. Si l'assassin avait démonté le mécanisme d'ouverture et avait été assez agile pour s'enfuir par ce chemin, il aurait eu besoin d'un complice à l'intérieur de l'hôtel pour refixer la fenêtre après son passage, auquel cas il lui aurait été plus facile de sortir directement par la porte.

Otani retourna près du lit, derrière lequel un *shôji* de bois et de papier donnait l'impression de dissimuler une autre fenêtre, mais, lorsqu'il le fit coulisser, il ne découvrit qu'une cloison de plâtre. Hanae le regarda retraverser le lit à genoux. Il s'arrêta près d'elle et lui toucha la joue. Elle sourit.

— C'est curieux, dit-elle. Je t'écoute parler depuis des années de ton travail, mais je crois bien que c'est la première fois que je te vois agir comme un vrai détective de feuilleton.

Otani descendit du lit.

— Dis-toi que tu as beaucoup de chance, fit-il avec un air faussement dédaigneux avant d'examiner une nouvelle fois les lieux. Aucune lumière naturelle, marmonna-t-il.

Des lampes fluorescentes encastrées au plafond baignaient la chambre d'une écœurante lumière rose, mais la salle de bains était plus fortement éclairée.

— Allume la lampe de chevet, veux-tu ? dit-il à Hanae.

Elle manipula plusieurs interrupteurs et plongea momentanément la pièce dans l'obscurité avant de trouver le bon bouton.

— Maintenant, éteins les lumières de la chambre, fit Otani.

Hanae éteignit et s'allongea sur le dos, son visage dans l'obscurité.

— Très suggestif, remarqua Otani. Je me demande si le rideau laisse passer la lumière.

Il le tira et observa le résultat. Seule une imperceptible lueur traversait le tissu. Il retourna près de la porte et ralluma.

Le visage d'Hanae apparut à l'extrémité du rideau.

— Je ne comprends pas à quoi il sert, s'étonna-t-elle.

— Imagine un garçon qui convainc son amie d'aller à l'hôtel pour la première fois, expliqua Otani à la tête sans corps de sa femme. Ils sont tous les deux intimidés, mais elle l'est probablement plus que lui. Elle s'abrite donc derrière le rideau pour se déshabiller, pendant qu'il attend de l'autre côté. Quand ils ont fini, ils refont la même chose. C'est simple.

Hanae sortit de derrière le rideau et s'approcha d'Otani.

— Oui, tu as sans doute raison, dit-elle. En tout cas je me demande qui a choisi cette couleur. Elle est atroce. (Elle saisit le tissu pour le regarder de près, puis le retourna pour en examiner l'ourlet.) Et en plus, c'est très mal fait, constata-t-elle. (Au même moment, elle sentit quelque chose de dur sous ses doigts.) Regarde, ils ont même oublié une bobine dans l'ourlet ! (Mais son visage devint soudain plus grave.) Hé ! non, ce n'est pas une bobine. Qu'est-ce que ça peut bien être ?

Otani lui prit des mains le rideau chiffonné. C'était un tissu d'ameublement synthétique décoré de gros losanges roses et bleus. Otani écarta la couture grossière de l'ourlet, examina l'intérieur de la poche ainsi formée. Il glissa le pouce et l'index à l'intérieur et en retira un objet sculpté en ivoire d'environ cinq centimètres de long. Ils le regardèrent sans mot dire durant quelques secondes, puis Hanae s'en saisit.

— Très étrange, fit-elle. Un netsuke.

Otani opina du chef.

— Exact. Mais un drôle de netsuke. Pas le genre de ceux qu'on trouve chez les antiquaires. On dirait qu'il représente une sorte de déesse. Amène-le vers la table, nous aurons plus de lumière.

— Il a l'air très vieux, remarqua Hanae tandis qu'ils contemplaient la petite statue debout sur sa base circulaire.

Elle avait la teinte brun-jaune de l'ivoire patiné par le temps, et ses proéminences étaient polies par le frottement. Les bosses les plus importantes étaient les deux seins disproportionnés émergeant de l'ample costume plissé, les doigts finement ciselés des deux mains, et les traits du visage.

— Une chose est certaine, fit Otani, ce n'est pas un objet bouddhiste. Chinois, peut-être ?

Hanae marqua son désaccord en secouant la tête avant de prendre la figurine pour l'examiner.

— Non, regarde, ce costume n'a rien de chinois. C'est peut-être une copie d'une sculpture indienne. Leurs déesses ont des seins énormes, n'est-ce pas ?

— Ce n'est pas à moi qu'il faut demander ça, fit Otani en lui décochant un clin d'œil. Tu sais bien que je ne m'intéresse pas aux poitrines féminines.

Tout en parlant il baissa les yeux sur les seins d'Hanae, qui les avait beaucoup plus développés que la plupart des Japonaises, et qui savait pertinemment à quel point son mari les appréciait.

Elle ferma les yeux et secoua la tête d'un air irrité avant de les rouvrir.

— Et maintenant, dit-elle, qu'allons-nous faire de ce netsuke ? Le remettre où nous l'avons trouvé, ou le donner à la réception ?

Otani avait retrouvé tout son sérieux.

— Ni l'un ni l'autre, à mon avis, dit-il après un instant de réflexion. Il s'agit de toute évidence d'un objet antique qui peut avoir beaucoup de valeur. Si c'est le cas, nous devons tenter de l'identifier avec certitude avant de demander aux responsables de cet établissement comment il a pu atterrir ici. On ne sait jamais. Si ça se trouve, il existe une déclaration de perte dans nos fichiers. Quelqu'un l'a peut-être réclamé. Je crois que je vais en assurer la garde pour le moment.

Il prit la petite sculpture des mains de sa femme et la caressa du bout des doigts.

— Tu ne penses pas que cet objet a un rapport quelconque avec le meurtre, n'est-ce pas ? demanda Hanae.

— Ça m'étonnerait, fit Otani qui sourit en glissant le netsuke dans sa poche. Il est certainement ici depuis qu'on a installé ce rideau. Mais ça m'intéresserait d'en savoir un peu plus long à son sujet. (Il jeta un coup d'œil à sa montre.) Nous sommes ici depuis à peu près trois quarts d'heure, annnonça-t-il. Je pense que nous pouvons nous en aller sans éveiller de soupçons. La chambre est louée pour deux heures, mais ils penseront probablement que je suis un homme d'affaires qui a pris sa pause repas un peu tard, et que tu dois rentrer chez toi avant que tes enfants ne reviennent de l'école.

Il se mit debout et tendit la main à Hanae. Elle se leva à son tour, puis baissa la tête d'un air boudeur.

— C'est tout de même dommage d'avoir payé et de ne pas utiliser la chambre, dit-elle.

Sur ce, elle enlaça Otani, qui la regarda d'un air éberlué.

— Tu ne cesseras jamais de m'étonner, fit-il avant de l'embrasser avec tendresse. Splendide ! Va derrière le rideau. Tu sais ce qu'il faut faire.

Chapitre 2

— Migishima, fit l'inspecteur Jiro Kimura en levant les yeux vers le jeune homme de forte carrure debout devant lui dans le petit bureau de la police de la préfecture Hyogo, installée tout près du port de Kobe. Je t'ai déjà dit qu'il était inutile de te mettre en civil si tu gardais ton allure de flic.

Kenichi Migishima rougit d'un air embarrassé, mais ne cilla pas.

— Oui, inspecteur, rétorqua-t-il d'un ton ferme.

Son costume de série, sa chemise blanche immaculée et sa cravate contrastaient avec le pull-over de cachemire, l'élégant pantalon brun et les mocassins en daim de son supérieur.

A quarante ans, Kimura s'efforçait de conserver son physique élancé, et découvrait non sans satisfaction qu'à mesure que les années passaient, son beau visage ténébreux contribuait plus que jamais à maintenir le rythme exubérant de sa vie amoureuse.

— Je crois, reprit-il d'un ton aimable quoique légèrement condescendant, que le problème ne vient pas de tes vêtements, mais de la façon dont tu te déplaces. Bien sûr, maintenant que tu es dans mon équipe, tu dois continuer à penser comme un policier mais, bon sang, essaie de ne pas penser comme un policier *en uniforme*, si tu vois ce que je veux dire.

— Oui, inspecteur, répéta Migishima qui, par un visible effort de volonté, parvint à se détendre quelque peu.

Kimura soupira d'un air indulgent.

— Bien, fit-il sans conviction. Maintenant, répète-moi ce que tu me disais, tu veux bien ?

Migishima baissa les yeux vers le document fixé à la planchette qu'il tenait dans sa grosse main.

— Les gens de l'immigration à l'aéroport d'Osaka ont été très coopératifs, inspecteur, fit-il. Grâce au tampon figurant sur le visa de tourisme de la victime, nous avons pu retrouver sa carte de débarquement. Ils auraient été plus méfiants si elle avait été plus jeune, mais elle avait déjà 37 ans. Nous avons retrouvé sur sa carte de débarquement une note disant qu'elle était bien habillée et qu'elle avait une grande quantité de chèques de voyage.

Kimura, nonchalamment renversé dans son fauteuil, joignit les doigts.

— Intéressant, murmura-t-il. Une Philippine, célibataire, qui se dit professeur. A leur place j'aurais été intrigué. Un professeur ne doit pas se faire beaucoup d'argent aux Philippines.

— Il y avait une autre note sur la carte, monsieur, reprit Migishima d'un ton empressé. Elle a déclaré être divorcée. Et puis, elle a donné comme adresse le YWCA de Kobe. Cela paraît logique qu'un professeur préfère loger là-bas plutôt qu'à l'hôtel.

Kimura sourit en se redressant sur son siège.

— Bien, c'est un bon point de départ. Mais nous devons en apprendre plus sur cette miss Ventura. Je doute que le consulat général des Philippines nous soit d'une grande utilité, même s'ils sont installés à deux pas de l'endroit où leur ressortissante a été assassinée. J'ai l'impression qu'ils vont se contenter d'envoyer un rapport de routine à Manille.

L'inspecteur se leva, arrangea son pull-over autour de sa taille, décrocha une veste en daim d'une patère fixée au mur derrière lui, et l'enfila.

Migishima s'éclaircit la voix avec une discrétion d'hippopotame.

— Hum, d'autres instructions, monsieur ? demanda-t-il.

Kimura fit un vague geste du bras.

— Je vais au YWCA, annonça-t-il. Tu devrais chercher à savoir quel est le propriétaire du Fantasia Hotel, et demander ensuite à l'inspecteur Noguchi à quel gang il appartient. C'est forcé que ce soit à quelqu'un du milieu.

Migishima parut horrifié.

— Je dois demander ça moi-même à l'inspecteur Noguchi ? articula-t-il.

Kimura lui fit une grimace.

— Oui, tu le lui demanderas toi-même. Il t'aime bien, tu sais.

Sur ce, l'inspecteur quitta le bureau en laissant son assistant méditer sur son malheur.

La matinée était magnifique, et Kimura, marchant d'un bon pas, fredonnait parmi la foule du quartier commerçant qui s'étend à l'ouest de la gare Sannomiya. Le dernier typhon de l'année avait épargné l'Ouest du Japon, laissant place au grand ciel bleu de novembre. Il se demanda laquelle de ses nombreuses fiancées du moment il pourrait inviter pour un petit voyage à Kyoto, afin d'y admirer les feuilles d'érable dans toute leur ardente splendeur. Rares étaient les Japonaises parmi ses liaisons, pourtant beaucoup plus à même d'apprécier toutes les connotations romantiques de ce spectacle que les secrétaires américaines et européennes qu'il pourchassait avec ferveur. Certaines d'entre elles le taquinaient d'ailleurs sur l'ambiguïté de son titre de chef de la section de liaison avec les résidents étrangers, mais il est vrai que son travail le mettait en contact avec la plupart des étrangères travaillant dans la préfecture de Hyogo dont, après tout, la police était la troisième du pays...

Il savait où se trouvait le YWCA et, contrairement au commissaire Otani, connaissait la signification de ces initiales [1]. De sorte que même si Kimura, comme toujours lorsqu'il avait affaire à un environnement essentiellement féminin, se sentit d'humeur optimiste, il ne s'attendait certainement pas à y trouver une ambiance de torride sensualité. Il fut toutefois décontenancé par la nette expression d'hostilité qu'il lut sur le visage revêche

---

1. Young Women Christian Association.

de miss Chieko Fukuda lorsqu'il entra dans son bureau, au bout du hall d'accueil. Le bâtiment lui avait certes rappelé une école, mais il ne s'était pas attendu à tomber sur une directrice sortie tout droit d'un mauvais rêve. Miss Fukuda, petite et boulotte, ressemblait au dessin d'un de ces colis pourvus de bras et de jambes que les Postes japonaises utilisent pour enjoindre les utilisateurs à inscrire correctement l'adresse du destinataire. Elle était toutefois dépourvue du charme de ces pictogrammes.

Au Japon, les vieilles filles, peut-être parce qu'elles sont relativement rares, sont toujours des personnages redoutables. miss Fukuda ne faisait pas exception à la règle : son hostilité envers le sexe masculin revêtait des proportions olympiques.

— Nous n'avons rien à faire de la police ici, déclara-t-elle d'un ton péremptoire dès que Kimura eut posé un pied dans son bureau.

La jeune réceptionniste qui l'avait accompagné battit aussitôt en retraite. Miss Fukuda avait des cheveux gris coupés court, et portait ce que Kimura prit d'abord pour un uniforme, jusqu'à ce qu'il s'aperçoive que ce n'était qu'un banal tailleur de serge bleu marine.

Fermement plantée devant son bureau, comme pour en dissimuler les papiers, elle examina de ses yeux globuleux ce visiteur importun. Par nature, Kimura éprouvait une affection spontanée, même si elle restait abstraite, pour toutes les femmes, et s'efforçait de charmer (parfois même de manière désintéressée) tout représentant du sexe féminin à qui il avait affaire. C'est pourquoi, presque sans y penser, il s'arrêta sur le seuil, s'inclina respectueusement et s'excusa de manière fort cérémonieuse pour la gêne qu'il occasionnait. Au fur et à mesure qu'il débitait ses fadaises, le visage de miss Fukuda passa graduellement de la haine implacable au simple dédain. Elle exhala un profond soupir de résignation. Lorsque sa poitrine s'affaissa, le crucifix d'argent qu'elle portait à son revers scintilla sous l'éclairage au néon, car, quoiqu'il fasse grand soleil à l'extérieur, on devait garder la lumière allumée dans le bureau, dont l'unique fenêtre, voilée de dentelle, donnait dans une étroite ruelle courant entre le YWCA et l'immeuble voisin.

Miss Fukuda s'éclaircit la voix.

— Oui, déclara-t-elle, j'aurais préféré que vous preniez rendez-vous. Que voulez-vous ?

Acceptant avec philosophie l'échec de son offensive de charme, Kimura opta pour l'attitude du policier qui n'a pas de temps à perdre. Comme il l'avait souvent vu faire dans les feuilletons américains, il sortit sa carte de police et la brandit sous les yeux de miss Fukuda. Elle n'y prêta aucune attention.

— Inspecteur Kimura, police préfectorale de Hyogo, énonça-t-il. J'enquête sur la mort d'une ressortissante philippine. J'aimerais jeter un coup d'œil dans vos registres d'admissions de ces derniers mois.

Cette fois, la nouvelle parut avoir un certain effet sur l'assurance de miss Fukuda, dont le corps se tassa un peu plus.

— Que dites-vous ?

— Un meurtre, selon toute probabilité, fit Kimura sans se départir de la froideur administrative qu'il avait adoptée.

Miss Fukuda ouvrit la bouche en écarquillant ses yeux de crapaud.

— Vous voulez dire qu'il s'agirait… d'une de nos pensionnaires… ?

— C'est possible, fit Kimura en hochant la tête. Elle a indiqué votre adresse sur sa carte de débarquement, mais c'était il y a quatre mois. Elle n'a peut-être jamais mis les pieds ici. Elle s'appelait Ventura. Cleo Ventura.

En entendant ce nom, la bouche de miss Fukuda se crispa, et une expression sévère se peignit sur son visage.

— Miss Ventura, répéta-t-elle en opinant gravement du chef. Vous dites que miss Ventura a été assassinée, n'est-ce pas ?

Kimura commençait à trouver déprimant le visage de batracien de miss Fukuda.

— Permettez-moi de dire que vous ne paraissez ni surprise ni même particulièrement désolée, constata-t-il avec une certaine raideur. Mais, en tout cas, vous la connaissiez.

Miss Fukuda se hâta d'adopter une apparence de commisération chrétienne.

— Je suis profondément touchée, fit-elle. Je ne me souviens pas très bien de miss Ventura. La plupart de nos pensionnaires viennent de l'étranger, naturellement. Mais il est assez rare que nous accueillions quelqu'un en provenance des Philippines. Ils sont presque tous catholiques, là-bas, vous comprenez.

Kimura n'avait qu'une connaissance approximative des religions occidentales, tout comme du bouddhisme et du shintoïsme, d'ailleurs, mais il hocha la tête d'un air grave.

— Oui, bien sûr, fit-il.

— Je crois me souvenir qu'elle n'est restée que quelques jours, reprit miss Fukuda en écrasant d'une paume boudinée le bouton d'une sonnette installée sur le bureau.

Presque aussitôt, la jeune réceptionniste pointa la tête dans l'embrasure de la porte.

— Le registre, commanda miss Fukuda.

La tête de la jeune fille disparut.

A ce moment une voix masculine se fit entendre dans l'entrée, et Kimura nota avec intérêt qu'une expression de mielleuse adoration se peignait sur le visage de miss Fukuda, tandis que s'empourprait sa peau olivâtre. Il n'eut pas le temps de s'interroger plus longtemps, car la porte s'ouvrit brusquement, laissant apparaître un Occidental osseux et longiligne qui paraissait rebondir sur des ressorts à chaque pas.

Ce côté athlétique du mouvement, Kimura eut l'impression que le nouveau venu l'avait délibérément ajouté à sa prestance naturelle. Etant lui-même très attentif à sa propre image, il décelait très vite le même trait de caractère chez les autres, de sorte qu'il parvint à cette conviction avant que miss Fukuda en ait terminé avec ses exclamations ravies de bienvenue.

— Mr. Goober ! Quelle agréable surprise !

Kimura parlait si bien l'anglais que ce n'est que lorsque Mr. Goober eut retourné ses salutations à miss Fukuda qu'il s'aperçut que celle-ci était passée du japonais à l'anglais.

Le visage émacié, presque tragique, de Mr. Goober se fendit alors d'un sourire aussi éblouissant que bien rodé.

— Chieko-san, fit-il au vif intérêt de Kimura. (Les prénoms sont rarement utilisés au Japon, sauf à l'adresse des enfants, et, bien qu'il eût été habitué à entendre les Américains faire usage de cette tournure familière, entendre Mr. Goober l'employer à l'égard de miss Fukuda le stupéfia.) Quel bonheur de vous voir !

Mr. Goober énonça cette formule toute faite avec la conviction qu'il aurait mise à marteler la conclusion d'un complexe raisonnement scientifique.

Il se tourna ensuite vers Kimura et se mit à lui parler dans un japonais épouvantable. Le policier l'interrompit au beau milieu de sa première phrase.

— Hello, Mr. Goober, dit-il en tendant la main. Il se trouve que je connais un peu votre langue. Je m'appelle Jiro Kimura. Je suis inspecteur de la police préfectorale de Hyogo.

Mr. Goober, qui n'avait jusque-là cessé de danser sur la pointe des pieds, abaissa peu à peu les talons et finit par se stabiliser.

— Nom d'une pipe ! lâcha-t-il en toute simplicité.

Il était difficile de savoir s'il exprimait ainsi son étonnement devant la maîtrise de l'anglais dont faisait preuve le policier, ou devant sa profession. Tenant toujours la main de Kimura, il se mit à la secouer avec énergie.

— Révérend Willard Goober, annonça-t-il. Enchanté de faire votre connaissance, inspecteur. Que pouvons-nous faire pour vous ?

Etant parvenu, non sans difficulté, à récupérer sa main, Kimura la glissa vivement dans sa poche.

— A vrai dire, Mr. Goober, dit-il d'un ton pincé, j'étais justement en train d'en parler avec miss Fukuda ici présente.

Se hissant à nouveau sur la pointe des pieds, Mr. Goober se tourna vers miss Fukuda pour confirmation. Kimura remarqua qu'il avait les chaussures très sales, et si vieilles qu'elles tombaient presque en morceaux. Miss Fukuda fixa le missionnaire d'un air stupide.

— L'inspecteur voulait des renseignements sur une de nos pensionnaires, Mr. Goober, dit-elle en soupirant comme une petite fille.

Mr. Goober pivota vers Kimura, qui estima qu'il était grand temps de reprendre les choses en main.

— Mr. Goober, commença-t-il de la voix ferme qui convient à un représentant de l'autorité, ce sont des raisons officielles qui m'amènent. Je suis venu voir miss Fukuda en tant que secrétaire générale de l'YWCA. Puis-je vous demander quel est votre fonction exacte ? Je ne me souviens pas avoir relevé votre nom sur notre liste de résidents étrangers.

Mr. Goober ignora la question et planta son regard dans les yeux noirs de Kimura.

— Mon ami, vous manquez de sérénité intérieure, dit-il d'un ton aimable en hochant lentement la tête. Puis-je espérer vous guider dans la voie du Seigneur ?

Kimura avait pour règle de ne jamais se laisser démonter par un étranger. Devant un plat de sushi et un verre de bière, il avait souvent répété au commissaire Otani qu'il fallait traiter les étrangers comme des gosses qui racontent des histoires à dormir debout. Mais cette fois, pris de court par les manières particulièrement déconcertantes de Mr. Goober, il recula d'un pas et l'examina de la tête aux pieds pour se donner le temps de trouver une réplique.

L'Américain mesurait près d'une tête de plus que lui, mais Kimura, d'une taille normale pour un Japonais, était tout en muscles. Goober devait approcher la quarantaine, et les os épais de sa charpente semblaient prêts à lui percer la peau. Ses cheveux couleur sable étaient coupés si court qu'on ne remarquait pas tout de suite qu'ils grisonnaient au-dessus des grandes oreilles roses.

Il portait un complet brun trop court et élimé, une chemise au col effilé et une cravate au nœud si serré qu'il était à peine plus gros qu'un haricot blanc. Kimura soupçonna Goober d'avoir mis au point un système lui permettant de mettre et d'ôter sa cravate sans avoir à la dénouer, à moins qu'il ne dormît avec. Quand Otani le taquinait sur son goût bien peu japonais pour la compagnie des étrangers, Kimura s'efforçait de le convaincre qu'ils ne sentaient pas aussi mauvais qu'on le prétendait. En fait, il appréciait beaucoup le mélange olfactif de parfum et de féminité propre aux Occidentales. Mais il était indéniable que Mr. Goober dégageait une odeur désagréable. Lorsque Kimura y était entré, la pièce de miss Fukuda sentait fortement l'encaustique, mais à présent elle était imprégnée d'une odeur de vieux biscuits qui ne pouvait provenir que de Mr. Goober. Celui-ci était en train d'extraire de sa poche un volume défraîchi qu'un doigt divin parut soudain ouvrir.

— *Il y a beaucoup de demeures dans la maison du Père*, lut-il avant de lever les yeux. *Beaucoup de demeures*, Jiro. Puis-je vous appeler Jiro ?

C'en était trop pour Kimura.

— Non, Mr. Goober, je vous l'interdis ! aboya-t-il. Je vous ai posé une question. Quel est votre statut ?

Mr. Goober, absorbé dans son Nouveau Testament, ne répondit pas. Kimura jeta un regard furieux à miss Fukuda qui, malgré l'empire que paraissait avoir le révérend sur elle, était restée suffisamment japonaise pour obtempérer au ton d'autorité du policier.

— Mr. Goober, expliqua-t-elle, est pasteur. Il travaille dans les quartiers défavorisés d'Osaka et vient faire des cours de catéchisme ici deux fois par semaine. Nous lui en sommes profondément reconnaissantes.

Elle releva le menton avant d'ajouter, le visage empourpré :

— Mr. Goober n'avait aucune intention de vous offenser, inspecteur. Il ne songe qu'à votre intérêt. Mais les Américains préfèrent appeler les gens par leur prénom.

Mr. Goober reprit la parole dans un anglais fleurant bon les plaines de l'Okhlahoma.

— Ouaip. Vous savez ce que disait toujours le général Booth ? *Quand on plonge dans une âme, faut s'attendre au pire*. Eh ben, j'en ai fait ma devise !

Un sourire fendit son visage à la Buster Keaton, et il hocha la tête à l'adresse du policier.

Kimura aurait voulu disparaître sous terre. Il se tourna vers miss Fukuda.

— Je vais consulter le registre à l'extérieur, marmonna-t-il. Désolé de vous avoir dérangée. Si nous avons d'autres questions à vous poser, je vous téléphonerai pour prendre rendez-vous.

De toute évidence, Mr. Goober connaissait le mot japonais pour « rendez-vous » car, lorsque Kimura, le visage crispé, sortit du bureau, le révérend se dressa de nouveau sur ses orteils et écarta brusquement les bras. Le Nouveau Testament jaillit de sa main droite et atterrit sur le bureau de miss Fukuda, où il renversa un vase garni de chrysanthèmes miniatures. Elle gémit d'un air douloureux et se précipita pour réparer les dégâts tandis que le révérend poursuivait Kimura de ses incantations nasales.

— Ami, souviens-toi de ton rendez-vous avec le Seigneur ! Pour les hommes, le groupe d'Etude des Ecritures et de la Conscience spirituelle se réunit au YWCA tous les mercredis à dix-huit heures. Ouvre ton cœur, Jiro, car…

Kimura claqua la porte derrière lui et tomba sur la jeune réceptionniste qui serrait le registre sur sa poitrine d'adolescente.

— Je vais le consulter ici, annonça-t-il avec soulagement en lui prenant le volume des mains. (Il se dirigea vers le comptoir, posa le registre et commença à le feuilleter.) Est-il toujours comme ça ? demanda-t-il sans lever les yeux.

N'entendant aucune réponse, il jeta un coup d'œil par-dessus son épaule et vit la jeune fille acquiescer en hochant la tête, les yeux écarquillés. Il sourit et se sentit aussitôt beaucoup mieux. Il se replongea dans le registre en se demandant de quoi miss Fukuda et Mr. Goober pouvaient bien parler derrière la porte close. Malgré l'évidente passion qui dévorait la responsable du YWCA, il était difficile de l'imaginer dans les bras osseux du révérend.

Il finit par trouver. La date était de deux jours postérieure à celle figurant sur la carte de débarquement. Cleo Ventura, domiciliée à Manille. miss Fukuda avait dit vrai. La fille Ventura avait quitté le foyer cinq jours après son arrivée, mais elle avait laissé une adresse, que Kimura s'empressa de noter. De toute évidence, elle avait trouvé à loger chez un compatriote. Fuentes était aussi un nom philippin. Kimura veillait sur plus de deux cents Philippins, lesquels constituaient l'un des groupes d'étrangers les plus importants de sa circonscription après, bien sûr, les Coréens, les Chinois, les Indiens, les Américains et les Britanniques. Mais Kimura s'occupait peu des trois premiers groupes, qu'il laissait au contrôle de ses subordonnés, ou, pour les affaires importantes, de son collègue Noguchi, de la section des Stupéfiants. Noguchi paraissait d'ailleurs n'avoir aucune objection à frayer avec eux, avouant même avoir noué des relations amicales avec plusieurs Coréens.

Kimura referma son calepin et le remit dans sa poche, puis rendit le registre à la réceptionniste. Juste à ce moment, les doubles portes battantes s'ouvrirent au fond du hall, et une douzaine de Japonaises bavardant avec animation firent leur apparition. Grâce à son œil expérimenté, Kimura déduisit rapidement qu'elles avaient toutes dépassé la trentaine et jouissaient d'une certaine aisance. Quelques-unes arboraient des kimonos coûteux, tandis que les autres portaient des sacs à main Gucci, des pullovers en cachemire et des foulards en soie de grandes marques étrangères.

Ne voyant jamais d'objection à être le centre d'attention d'un public féminin, Kimura se rengorgea sous leurs regards furtifs mais intéressés. Soudain une des femmes en kimono se détacha du groupe et s'approcha de lui. Il réalisa, à son grand étonnement, qu'elle n'était autre que la femme du commissaire Otani, son supérieur. Kimura l'avait rarement vue en costume traditionnel. Elle s'inclina devant lui d'un air timide, et il s'empressa de lui rendre son salut.

— Cela fait bien longtemps que nous ne nous sommes vus, murmura-t-elle.

En réponse à sa formule conventionnelle, il s'enquit aussitôt de sa santé et de celle de son mari, qu'il avait quitté moins de deux heures auparavant.

Ces préliminaires terminés, Hanae examina atten-tivement Kimura. Malgré qu'il travaillât depuis des années avec son mari et qu'elle ne l'eût rencontré qu'une douzaine de fois, Tetsuo grommelait si souvent à son propos qu'elle avait l'impression de bien le connaître. Elle en était arrivée au cours des ans à éprouver une certaine attirance à son égard, et, bien qu'elle se joignît aux sarcasmes de son mari lorsqu'il plaisantait sur les efforts de Kimura pour atteindre l'idéal de vie sexuelle du citadin moderne telle qu'on la conçoit dans *Playboy*, elle éprouvait envers lui une forte curiosité, qu'elle soupçonnait d'ailleurs Otani de partager.

C'est donc avec une lueur de malice qu'elle le regarda droit dans les yeux.

— Quelle surprise de vous rencontrer ici, Kimura-chan ! Je ne pensais pas que vous chercheriez une fiancée à l'YWCA.

Il lui adressa un sourire chaleureux.

— C'est parce que je n'aurais jamais espéré y faire une rencontre aussi plaisante que celle-ci, rétorqua-t-il en mettant dans sa galanterie habituelle une sincérité non feinte. Si je puis me permettre, quelle est la raison qui vous amène ici ?

Hanae montra le tableau d'affichage présentant les horaires des différents cours et ateliers.

— Je viens suivre des cours de cuisine une fois par semaine. J'étudie ce qu'on appelle le *Cordon bleu*[1].

Kimura regarda son kimono aux plis impeccables, appréciant son épais tissu de soie crème, ponctué de motifs feuille morte.

— Dans ce ravissant kimono ? fit-il.

— Pas toutes les fois, répondit-elle en souriant. Mais aujourd'hui, c'était juste un entretien. Nous ne nous habillons pas pour les cours pratiques.

Pleine de maturité et de dignité, Hanae personnifiait l'idéal de l'élégance nippone. Elle arborait un visage lisse, serein et bienveillant, et des lèvres qui, quoiqu'un peu pleines pour les canons de la beauté japonaise classique, n'en étaient pas moins extrêmement attirantes. Elle considéra Kimura d'un air intrigué.

— Des problèmes ? Vous semblez préoccupé.

Comme ils en étaient tous deux bien conscients, c'était un euphémisme pour « sens dessus dessous ».

1. En français dans le texte.

Kimura se gratta la tête d'un air sombre, mais c'est un geste que les Japonais estiment plein de charme juvénile.

— Je viens d'avoir une entrevue éprouvante avec la directrice, expliqua-t-il. Madame aurait-elle le temps d'aller boire une tasse de café ? J'en ai grand besoin.

Hanae rougit aussitôt tandis qu'elle réfléchissait à toute vitesse. Kimura était une vieille connaissance qui lui avait toujours adressé la parole en l'appelant « madame ». Leur rencontre était un pur hasard, et puis quel mal y avait-il à aller boire un café ? Elle se promit naturellement de tout raconter le soir même à Tetsuo. D'un autre côté, c'était la première fois qu'elle se trouvait seule en compagnie de Kimura, qui avait une *terrible* réputation… mais ce serait si agréable de bavarder un moment avec lui devant un café… Il ne lui fallut pas plus de quelques secondes pour se décider.

— Volontiers. Je vous remercie.

Elle lui sourit à nouveau et lança un regard triomphant à deux de ses amies qui, sous prétexte de bavarder dans le hall, n'avaient pas perdu une miette de la scène.

Kimura, qui ne s'attendait pas à voir Hanae accepter sa proposition, constata avec surprise qu'il en était ravi. Il l'accompagna jusqu'à la porte et ils sortirent dans la rue ensoleillée.

— Là-bas, dit-il en désignant le trottoir opposé. Café New Monaco. Ça m'a l'air parfait.

Sur ce, il s'empara audacieusement du coude d'Hanae pour lui faire traverser la chaussée.

Chapitre 3

Certes, Otani aurait dû prendre rendez-vous avec les autorités du musée national de Kyoto par l'intermédiaire des services de la préfecture de Kyoto, mais il se disait qu'après tout il avait découvert le netsuke de manière privée et personnelle. Et même très personnelle et très privée. Il voulait simplement prendre contact avec quelqu'un capable de lui indiquer l'époque approximative de l'objet, et s'il avait ou non de la valeur.

L'automne était toujours très agréable à Kyoto, et, lorsqu'il sortit de la gare de Sanjo-Keihan, il renifla l'air vif avec plaisir avant de jeter un coup d'œil aux collines qui s'élèvent au nord de la ville, ornées d'un gigantesque caractère chinois pour « Grand » sculpté sur la pente au-dessus du temple du Pavillon d'argent, qu'on distinguait clairement à moins de deux kilomètres. Dommage qu'Hanae et lui aient encore raté le festival Daimonji. Un de ces mois d'août ils loueraient une chambre dans un hôtel proche de la rivière Kamo pour assister, depuis le jardin en terrasse, aux feux qu'on allume un par un au sommet des cinq collines boisées, tradition par laquelle les bouddhistes saluent la fin de la visite annuelle que les esprits des ancêtres effectuent dans le monde des vivants.

Otani ne se souvenait pas de la distance entre la gare et le musée, mais il se mit vaillamment en route dans la direction du quartier Okazaki et du parc Maruyama. Vu la disposition géométrique des rues de Kyoto, il était de toute façon difficile de se perdre, même si l'on oubliait facilement que c'était une vaste agglomération.

Une heure plus tard, Otani, assis sur un tabouret d'un comptoir de restaurant, terminait son *tempura*, ayant appris avec soulagement qu'il était presque arrivé à destination. Il avait passé un moment agréable dans l'établissement, regardant le vieux propriétaire cuisinier mélanger des morceaux de poulet, d'oignons et de racines de lis, deux crevettes, une feuille odorante de *shiso*[1] et d'autres condiments dans une pâte légère, avant de plonger le tout dans une grande bassine d'huile dorée, dont il referma le couvercle pour laisser frire un moment. Ensuite il avait sorti un à un les petits beignets et les avait disposés sur une feuille de papier absorbant placée sur le délicat plateau en bambou qui se trouvait devant Otani. Aussi bavard que tous les membres de sa profession, il avait conversé avec Otani tout au long des opérations, avec son pittoresque accent de Kyoto, dépourvu de l'intonation flûtée que les membres locaux des classes moyennes ou supérieures auxquels avaient eu affaire Otani cultivaient par pur snobisme.

Après avoir avalé une dernière bouchée de riz et un dernier radis au vinaigre, qui lui permit d'adhérer sincèrement à l'avis du patron selon lequel le/la *takuan*[2] de Kyoto était vraiment le/la meilleur(e) du Japon, Otani régla ses 850 yen, vida sa tasse de thé vert et, après une dernière salutation, sortit en écartant les pans du rideau qui masquait l'entrée, ordinairement fermée par une porte coulissante en bois et papier.

Otani suivit les indications du vieux cuisinier. Cinq minutes plus tard, il atteignait l'intersection de la Rue numéro sept et de la Grande Avenue orientale. Le musée se trouvait à sa droite, tandis que de l'autre côté de la large chaussée, à sa gauche, s'étendait le parking du temple Sanjusangendo. Otani s'arrêta un instant pour regarder, avec un détachement amusé, un groupe d'étrangers descendre d'un car, bardés d'appareils photos chargés de sacs de compagnies aériennes et, à ses yeux, attifés de la plus extravagante façon.

---

1. *Shiso :* plante aromatique aussi appelée pérille de Nankin.
2. *Takuan :* gros radis blanc, mariné dans du sel et du son de riz.

Otani trouvait que beaucoup de jeunes Japonais s'habillaient de manière bien étrange, mais il ne lui était arrivé qu'une seule fois, lorsque, pour des raisons obscures mais probablement politiques, l'ambassadeur Tsunematsu, du bureau de liaison du ministère des Affaires étrangères d'Osaka, avait insisté pour qu'il l'accompagne dans un club de golf scandaleusement coûteux, une seule fois donc lui était-il arrivé de voir un si grand nombre de ses compatriotes adultes accoutrés de ces horribles pantalons à carreaux, de ces tristes chemises pastel et de ces ridicules petits chapeaux. Les femmes étaient un peu plus présentables, mais le vacarme de leurs voix aiguës était tel qu'il parvenait jusqu'à Otani, pourtant relativement éloigné, de sorte qu'il leur tourna le dos en leur souhaitant bonne visite aux mille et une statuettes de la déesse Kannon, que, pour sa part, il jugeait ennuyeuses et surfaites.

Il découvrit d'autres étrangers à l'intérieur du musée, mais il lui sembla qu'il s'agissait d'une espèce plus discrète et plus policée, et, de toute façon, la grande majorité des gens qui visitaient les vastes salles étaient des Japonais.

Ayant consulté le plan du bâtiment dans le hall d'entrée, Otani se rendit directement dans la salle abritant la collection de netsuke. Ce faisant, il dut sortir de l'itinéraire de visite recommandé, ce qui lui valut les regards sévères de plusieurs visiteurs et gardiens choqués d'une telle audace.

Il devait y avoir plus d'une centaine de petites figurines exposées, et, pendant un moment, Otani oublia presque la raison de sa venue tant il était subjugué par l'intelligence, l'humour et l'imagination qui avaient présidé à leur fabrication. Il y avait là des douzaines de créatures mythiques, des prêtres chinois, des ermites, des crânes terrifiants avec des serpents sortant de leurs orbites vides, de comiques petites tortues, des lapins fantaisistes et des tas de petits chefs-d'œuvre représentant autant de prouesses techniques, comme cette pièce d'ivoire évidée en forme de minuscule cage de bambou contenant une sphère parfaite. Otani allait d'émerveillement en émerveillement, hochant la tête en songeant au paradoxe que constituaient ces délicats objets d'art, bien souvent conçus à l'origine pour simplement fermer une humble tabatière.

A un moment, il regarda autour de lui et remarqua sur un des murs une affiche en scriptes indiquant l'origine des différents netsuke et attirant l'attention du visiteur sur quelques-uns des plus beaux spécimens exposés. Il lut le texte avec attention, caressant distraitement la figurine d'ivoire nichée au fond de sa poche, puis se figea soudain durant plusieurs secondes en tombant sur une phrase qu'il relut plusieurs fois.

Otani jeta alors un regard autour de lui et, apercevant une vieille gardienne assise sur une chaise pliante à côté de la porte, il s'en approcha. Elle leva les yeux et le considéra d'un œil bienveillant tandis qu'il s'excusait de la déranger.

— Je viens de lire à propos des netsuke, lui dit-il, qu'ils ne représentent presque jamais des étrangers.

— A part les Chinois, bien sûr, rectifia la vieille dame d'une voix cultivée. Il existe des tas de personnages chinois. Mais je suppose que vous vouliez parler de barbares.

Elle avait employé avec un tel naturel le vieux terme désignant les Occidentaux qu'Otani sentit naître en lui une rapide sympathie à son égard.

— Dites-moi, je n'ai pas vu la série de personnages mentionnée sur l'affiche, celle qui constitue un trésor national. Où est-elle exposée ?

Elle secoua la tête, les yeux brillants au milieu des rides.

— On ne les sort qu'une fois par an, pour l'exposition spéciale, expliqua-t-elle. Mais la série est incomplète, vous savez. (Elle fouilla dans une pile de catalogues posés sur une petite étagère à côté de sa chaise.) J'ai eu la chance de les voir plusieurs fois, marmonna-t-elle. Ils me proposent souvent de m'occuper d'une autre salle, mais je préfère rester avec les netsuke. Voyons voir…

Ayant trouvé ce qu'elle cherchait, elle ouvrit un livret dont elle tourna lentement les pages, s'arrêtant lorsqu'une illustration attirait son attention. Otani attendit avec patience, et elle finit par lui tendre le catalogue en lui montrant une photo.

Il vécut alors un de ces moments qui ne se répétaient qu'à de longs intervalles dans sa carrière de policier, moments à l'occasion desquels ce qui avait paru une initiative hasardeuse, pour ne pas dire dérisoire, était soudain élevé au niveau d'un extraordinaire coup de chance. Il avait en effet devant les yeux la photo couleur artistiquement éclairée d'un groupe de sept netsuke en ivoire, différents par de nombreux détails, mais partageant un incontestable air de famille. Et il ne faisait aucun doute qu'Otani avait dans sa poche le huitième membre de la famille.

— Ils sont bizarres, n'est-ce pas ?

La gardienne le regardait d'un air cocasse, et Otani dut faire un effort pour s'arracher à la contemplation des figurines, sourire à la vieille dame et lui rendre le catalogue.

— Bizarres, c'est vrai, mais intéressants. J'essaierai de venir les voir lors de la prochaine exposition. Merci mille fois.

Il s'inclina devant la gardienne, qui lui rendit son salut, puis gagna la sortie après avoir jeté un dernier coup d'œil aux netsuke alignés dans leurs vitrines.

Le directeur étant en déplacement officiel, le conservateur dut, bien à contrecœur, recevoir lui-même Otani. C'était un homme mince, au visage rêveur, qui approchait doucement de la retraite. Assis au bord d'une chaise dans la pièce de réception du directeur, il tournait et retournait dans ses longs doigts nerveux la carte d'Otani, lequel se confondit en excuses de solliciter une entrevue sans rendez-vous. Le crâne du conservateur pivotait dans un col de plusieurs tailles trop grand, et son costume, malgré l'agitation de son corps, restait aussi rigide qu'une cotte de mailles.

Otani expliqua d'un ton patient qu'il était entré au musée pour une banale visite, mais qu'il avait été émerveillé par les vitrines de netsuke. Une gardienne avait eu l'amabilité de lui montrer une photographie sur laquelle figurait une série particulière qui, en tant que trésor national, n'était que rarement exposée.

Le conservateur finit par se détendre quelque peu.

— Vous voulez sans doute parler de la série des Muses.

Otani acquiesça d'un signe de tête, bien qu'il n'ait aucune idée de la signification de ce mot étranger.

— Je suis très curieux de savoir pourquoi ils ont une telle valeur, dit-il avec le ton d'un expert.

Le conservateur prenait toute son envergure quand il avait l'occasion de discourir sur son propre terrain, de sorte qu'il répondit à la question d'Otani avec une assurance et une autorité croissantes.

— Voyez-vous, dans l'histoire des netsuke, sujet passionnant entre tous, commença-t-il, l'histoire de cette série est tout à fait particulière. (Il adressa à Otani le regard interrogateur d'un professeur.) Je suppose que vous savez ce qui s'est passé dans notre pays durant l'époque où tout contact avec l'étranger était interdit ?

Otani écarta les bras en haussant les épaules.

— Disons que je sais que cette époque a duré à peu près deux siècles, durant lesquels personne n'était autorisé à pénétrer au Japon ou à le quitter.

— C'est à peu près ça, fit l'autre avec une moue indulgente. Néanmoins, l'isolement d'avec le reste du monde n'était pas total. A partir du milieu du XVIIe siècle jusqu'à l'arrivée des Américains sur leurs bateaux noirs en 1854, les Hollandais eurent l'autorisation de maintenir un petit comptoir sur l'île Dejima, dans le port de Nagasaki, et de faire entrer chaque année au Japon une cargaison de marchandises.

Otani hocha la tête.

— Oui, c'est exact, je me souviens qu'à l'école on nous parlait de ce qu'on appelait à cette époque les « Etudes hollandaises ». On autorisait quelques lettrés japonais à apprendre le langage de ces étrangers, n'est-ce pas ?

Cette fois, le conservateur acquiesça vigoureusement.

— Exactement. Mais vous vous souvenez peut-être que l'une des conditions auxquelles étaient soumis les marchands hollandais était que, chaque année, leur chef devait effectuer le long voyage jusqu'à Kyoto, et de là prendre la route Tokaido – dite des cinquante-trois étapes – jusqu'à Tokyo, qui s'appelait Edo en ce temps-là, pour aller rendre hommage au shogun installé au château d'Edo. Et aussi, cela va sans dire, lui apporter de riches présents.

— Ces netsuke seraient donc un cadeau des Hollandais au shogun ? suggéra Otani d'un ton impatient.

Le conservateur lui jeta un regard foudroyant avant de poursuivre son récit.

— Les cadeaux provenaient en général des manufactures européennes. Il pouvait s'agir de fusils, d'horloges ou autres instruments semblables. Mais vers le milieu du XVIIIe siècle, alors que les netsuke connaissaient une grande vogue parmi les samouraïs, le chef du comptoir hollandais conçut l'idée de faire sculpter à un artisan local une série de figurines représentant les neuf muses grecques.

Toujours ce même mot inconnu, mais couplé cette fois-ci avec la Grèce. Et la Grèce, Otani connaissait. Mais cela ne suffit apparemment pas à dissimuler son ignorance car un bref sourire fendit les lèvres desséchées de l'historien.

— C'étaient neuf sœurs, des déesses, expliqua-t-il. Chacune était la patronne d'un art ou d'une science. Nous ne savons pas qui est l'artisan qui les a sculptées, mais une chose est sûre : il n'avait jamais vu d'Européenne de sa vie. C'était impensable à l'époque. Les étrangers n'avaient pas le droit d'amener leur femme, et on leur fournissait des compagnes choisies parmi les courtisanes de la région. C'est pourquoi nous supposons qu'il a dû être renseigné par des descriptions verbales, ou par des dessins grossiers tracés par les Hollandais eux-mêmes. (Les fines lèvres se crispèrent une nouvelle fois.) En tout cas notre sculpteur devait être convaincu que les déesses grecques avaient des poitrines très fortes et de très longs nez, car s'il a fait un excellent travail technique, il a doté les personnages d'une sensualité démesurée.

Otani glissa discrètement la main dans sa poche et caressa sa déesse personnelle. Elle avait en effet de remarquables protubérances.

— Toujours est-il que le présent a plu au shogun, et que l'agent général hollandais a reçu certaines faveurs en retour. Il est fait référence à la série des neuf netsuke dans l'inventaire des trésors de la famille Tokugawa, dressé en

1758, puis ils réapparaissent à intervalles plus ou moins réguliers jusqu'à la chute des shoguns Tokugawa, il y a environ un siècle, au moment où l'empereur Meiji revint sur le trône.

Le conservateur, assuré de l'attention d'Otani, avait fermé les yeux.

— Ensuite, pendant une longue période, nous ne savons pas ce qu'il advint de la série des netsuke. Nous n'avons sur eux aucune trace de vente ni de transfert par don, jusqu'à ce que, de façon inexpliquée, le général Yago se retrouve en possession de sept d'entre eux.

— Pas le Yago qui fut jugé comme criminel de guerre en même temps que Tojo et quelques autres ?

Cette fois, le conservateur ne se formalisa pas de l'interruption d'Otani. Il se contenta de rouvrir les yeux et d'opiner du chef.

— Si. Yago a été condamné à dix ans d'emprisonnement, puis très vite libéré pour raisons médicales, avant de mourir, voyons… au début des années soixante, si mes souvenirs sont bons. Le général a toujours été un grand collectionneur, mais tous ses biens, sauf une petite partie qu'on a laissée à sa femme, ont été confisqués au moment de sa condamnation. Beaucoup ont été récupérés par nos différents musées, quoique très peu aient eu assez de valeur pour être déclarés trésors nationaux. Mais bien sûr, une fois que les netsuke ont été identifiés comme étant ceux offerts au shogun par le Hollandais, nous n'avons eu aucune peine à neutraliser les demandes d'annulation de la confiscation déposées par la famille Yago.

Lorsqu'il vit Otani lever les yeux sans dissimuler la surprise que lui inspiraient ces récentes péripéties, le conservateur revint brusquement à une attitude plus distante.

— Evidemment, fit-il d'un air sévère, je ne vous raconterais pas tous ces… hum… détails juridiques si vous n'étiez pas officier de police…

Otani s'empressa de le rassurer.

— Je vous en suis très reconnaissant, dit-il, et je considérerai ce que vous venez de me dire comme strictement confidentiel. Je dois d'ailleurs vous avouer pour ma part que je n'ai pas été tout à fait franc avec vous tout à l'heure. Vous m'avez bien dit que Yago ne possédait que sept des neuf pièces ?

Le conservateur soupira en hochant la tête d'un air contrit.

— Et je crains fort que les deux dernières ne soient irrémédiablement perdues. Il n'a d'ailleurs été fait nulle part la moindre allusion au fait que le général ait jamais eu la série complète en sa possession.

Saisi d'une impulsion irrésistible, Otani sortit alors le netsuke de sa poche.

— Ne s'agirait-il pas là de l'une des deux pièces manquantes ? demanda-t-il d'un ton désinvolte en le posant sur la table.

Il regretta aussitôt son geste, mais l'effet produit sur son interlocuteur fut des plus étonnants. Pendant quelques instants, le conservateur parut comme figé sous le choc, puis déglutit plusieurs fois avant de retrouver l'usage de la parole. Il finit par tendre la main vers le netsuke, dont il s'empara.

— Co… comment l'avez-vous trouvé ?

Sa voix n'avait pas retrouvé son timbre normal, et il fixait la figurine d'un regard hypnotisé tandis que des rougeurs parcouraient ses traits émaciés.

— Vous en êtes donc tout à fait sûr ? fit Otani en récupérant le netsuke que le conservateur ne put retenir à temps.

— Sans l'ombre d'un doute, répliqua-t-il tandis que son regard se rembrunissait. Il conviendra naturellement de procéder à une enquête approfondie. Notre directeur – comme d'ailleurs l'ensemble de l'Agence pour les affaires culturelles – sera enchanté d'apprendre qu'un trésor national disparu a été retrouvé.

Brusquement sur ses gardes, Otani remit la petite sculpture dans sa poche.

— Je crains de ne pas vous suivre, dit-il avec calme. Le netsuke qui se trouve en ma possession n'a pas été qualifié de trésor national. En outre, à ma connaissance, il n'appartient pas encore à l'Etat. C'est à la police d'en découvrir le propriétaire légal. Les autorités du musée seront averties en temps utile du résultat de nos recherches.

Il se leva, aussitôt imité par le conservateur, dont la langue sortait presque de la bouche. Pendant quelques secondes, Otani eut l'impression qu'il n'hésiterait pas à se battre pour récupérer le netsuke. Mais bientôt le conservateur recouvra toute sa dignité.

— Dois-je comprendre que vous refusez de laisser ce netsuke à la garde de notre musée ?

Otani approuva d'un hochement de tête.

— Exact, fit-il.

— Vous prenez là une lourde responsabilité, commissaire, rétorqua le conservateur d'une voix tremblante. Il ne fait pour moi aucun doute que les tribunaux confirmeront la désignation de cet objet comme trésor national. En tant qu'officier de police, vous devriez savoir qu'enfreindre la loi de protection sur le patrimoine culturel constitue un délit grave, passible d'une peine de cinq ans de prison…

Otani le considéra avec un regain de respect.

— Je comprends parfaitement vos préoccupations, dit-il. Malheureusement, l'interprétation que je fais de mon devoir est en contradiction avec l'idée que vous vous faites du vôtre. Ce netsuke est pour l'instant une pièce à conviction dans une affaire criminelle, et doit donc rester à la garde de la police. (Le visage du conservateur changea d'expression, et les deux hommes se regardèrent droit dans les yeux.) Je vous serais reconnaissant à mon tour de respecter le caractère confidentiel de ce que je viens de vous dire. Mais j'ai une dernière question à vous poser. Vous avez évoqué les tentatives de la famille Yago pour faire annuler la confiscation de ses biens. La veuve du général est-elle encore en vie ?

— Non. Elle est morte peu de temps après son mari. C'est leur fils qui est le chef de famille. Grâce aux contacts que lui procure sa position de membre de la Diète, il est en mesure de plonger les cercles officiels dans une grande agitation quand il le désire. Mais il n'a rien tenté depuis au moins cinq ans, lorsque les tribunaux ont refusé de rouvrir le dossier.

Otani hocha la tête d'un air songeur avant de s'incliner.

— Veuillez m'excuser de vous avoir dérangé et d'avoir empiété sur votre temps précieux, débita-t-il sans conviction.

— Mais pas du tout, rétorqua le conservateur.

Son attitude était affable, son regard restait rivé à la poche du pantalon d'Otani.

Chapitre 4

Jiro Kimura et Ninja Noguchi arrivèrent devant l'immeuble qu'un panneau fixé sur la façade désignait comme la Résidence des Hauts de Kobe. Les deux inspecteurs formaient un couple étrange. Kimura, toujours élégant, marchait d'un pas vif, les pans de son veston de tweed volant de droite et de gauche dans la douce chaleur de l'après-midi tandis qu'il parlait avec animation à son compagnon. Quant à Noguchi, qui gardait pourtant sans effort la même allure que Kimura, il donnait l'impression de patiner avec acharnement pour rester à sa hauteur. Son pantalon, qui lui tombait en accordéon sur les chevilles malgré une énorme ceinture de cuir garnie de renforts en cuivre, était si chiffonné qu'on eût dit qu'il avait dormi avec. La moitié supérieure de son corps massif était enserrée dans une chemise crasseuse boutonnée jusqu'au col, sans cravate, et une veste qui provenait de toute évidence d'un autre costume que le pantalon.

Noguchi allait sur ses soixante ans, et Otani menait, jusqu'ici avec succès, une bataille permanente avec les gens du Personnel pour que l'on repousse sa mise à la retraite. En tant que responsable de la section des Stupéfiants de la police préfectorale, Noguchi passait beaucoup plus de temps hors de la Préfecture que dans le bureau exigu qu'il y occupait au rez-de-chaussée. Les années ne semblaient en rien entamer son extraordinaire habileté à se fondre dans le décor, que ce soit dans la peau d'un espion de champ de courses, dans celle d'un artisan allant accomplir quelque besogne dans un quartier chic, ou sous les hardes d'un saisonnier ingurgitant de la gnôle de patate dans un petit boui-boui ouvert sur la rue.

— Tu n'en tireras rien, grogna-t-il d'un ton irrité à l'adresse de son compagnon.

Kimura examinait les noms des boîtes aux lettres au pied de l'escalier qui grimpait vers l'immeuble.

— Ça vaut la peine d'essayer, Ninja, répliqua Kimura avec entrain. Regarde-moi ça, ce sont presque tous des étrangers.

— Sauf *lui*, fit Noguchi en écrasant son index sur une boîte où figurait un nom japonais.

Il cracha sur le goudron et entreprit de gravir la volée de marches.

— Je parie qu'il les aura tuyautées sur ce qu'il fallait dire et ne pas dire, ajouta-t-il. C'est au troisième.

— En tout cas, je te remercie de m'avoir accompagné, dit Kimura en s'engageant à sa suite dans l'étroit escalier en ciment.

— J'avais pas le choix, grogna Noguchi. Il faut faire comprendre à l'organisation qu'on cherche pas à saccager leurs petites magouilles. Toi, mon vieux, tu leur inspirerais pas confiance. Et en plus, je suis impatient de te voir t'en coltiner quatre d'un coup.

Kimura renifla d'un air dédaigneux tandis qu'ils s'arrêtaient devant une porte métallique portant une plaque où était inscrit en caractères romains le nom de « Thorndike », et juste en dessous, sa transposition en japonais : « *Sondaiku* ». Kimura appuya sur le bouton de la sonnette et ils attendirent un assez long moment avant que la porte, retenue par une chaîne de sécurité, ne s'ouvre de quelques centimètres.

— Miss Thorndike ? demanda Kimura d'un ton enjoué.

Il était difficile de distinguer la personne qui avait ouvert, mais la réponse vint aussitôt.

— Je suis Amanda Thorndike. Montrez-moi vos papiers.

— Bien sûr, fit Kimura en haussant un sourcil à l'adresse de Noguchi.

Il plongea la main dans sa poche intérieure et en sortit sa carte d'identité, qu'il tint à hauteur des yeux devant l'interstice. La porte se referma, ils entendirent cliqueter la chaîne, puis elle s'ouvrit en grand.

L'entrée, d'à peine un mètre carré, était encombrée de paires de chaussures. Amanda Thorndike se tenait, pieds nus, sur le tatami qui couvrait le sol de la pièce au-delà de l'entrée. C'était une fille assez grande, vêtue d'un jean et d'un T-shirt bleu qui lui moulait les seins. Kimura savait qu'elle n'avait que 26 ans, mais, comme presque chaque fois, il fut frappé par la force de caractère que dégageait, contrairement à la plupart des Japonaises du même âge, le visage de la jeune Occidentale.

Amanda Thorndike restait sur ses gardes. Son long visage avait quelque chose de sardonique et ses yeux marron qui, malgré des paupières tombantes, exprimaient une certaine intelligence, examinèrent tour à tour Kimura et Noguchi.

— La Belle et la Bête, murmura-t-elle comme pour elle-même. Entrez, les flics.

Elle s'effaça, les deux hommes ôtèrent leurs chaussures et, pénétrant dans la pièce, découvrirent trois autres femmes, installées sur des coussins autour d'une table basse dont le plateau en plastique imitait la laque. Un écran de *fusuma* ouvert laissait voir des couchages en désordre de six tatamis, dans une pièce adjacente. La pièce principale, à peine plus grande, donnait par ailleurs sur une petite cuisine, prolongée par la salle de bains.

Noguchi inclina vaguement son crâne en forme d'obus en direction de la table, puis se dirigea sans un mot vers un coin de la pièce où il s'accroupit.

— C'est l'inspecteur Noguchi, annonça fièrement son collègue. Je suis l'inspecteur Kimura. Mesdames, je vous remercie d'avoir accepté de venir à cette petite réunion. (Il resta debout tandis qu'Amanda Thorndike se rasseyait parmi ses amies, puis il les examina, une à une.) Vous devez être Judy Cheng, fit-il en regardant la fille aux traits orientaux qui contemplait la boîte de bière Suntory posée devant elle.

Elle acquiesça d'un air maussade.

— De Taiwan, ajouta Kimura.

Il tourna alors son regard vers une jolie fille à l'allure fragile adossée à l'écran de papier translucide du shoji. Ses cheveux, d'un blond très pâle, étaient noués sur la nuque par un bout de ruban vert. Elle avait d'immenses yeux gris et paraissait extrêmement vulnérable.

— *Je crois que vous êtes mademoiselle Hélène Dupré*[1], fit Kimura d'un air fanfaron.

Son français, loin d'être exécrable, était pourtant beaucoup moins bon que son anglais. Les grands yeux exprimèrent une certaine surprise, et la fille hocha lentement la tête.

— Futé, le garçon, fit la quatrième fille sur un ton que Kimura jugea singulièrement persifleur.

Elle avait des cheveux noirs coupés court, un visage vif et déluré. C'était la seule à être maquillée.

Kimura fut piqué au vif.

— Je vous remercie, miss Nancy Bernstein, rétorqua-t-il d'un ton mordant. Personnellement, je trouve que c'est une simple question de courtoisie de s'adresser aux gens dans leur langue chaque fois que c'est possible.

Nancy sourit, plus à elle-même qu'à Kimura.

— Compris, mais moi c'est le yiddish, fit-elle avec un accent new-yorkais si prononcé qu'il n'échappa pas à Kimura.

Le policier eut un geste irrité, puis se tourna vers Amanda.

— Puis-je m'asseoir ?

— Faites comme chez vous, répliqua-t-elle en lui indiquant un coussin libre.

Elle pencha alors la tête vers Noguchi, toujours aussi silencieux dans son coin.

— Votre ami est incroyablement bavard, fit-elle en souriant.

Sa prononciation britannique sautillante résonna de manière presque incongrue dans cette modeste pièce.

— L'inspecteur Noguchi parlera en temps utile, miss Thorndike, dit Kimura. En particulier à M. Nakayama lorsqu'il sera là.

Amanda haussa un sourcil soigneusement épilé.

---

1. En français dans le texte.

— Je serais étonnée que ce cher Nackers consente à se déplacer, dit-elle. A mon avis il n'a pas dû voir la lumière du jour depuis qu'il est sorti de l'école.

Kimura consulta sa montre électronique. Elle s'était révélée longtemps fantaisiste, mais semblait résolue depuis deux ou trois jours à lui indiquer l'heure de manière relativement satisfaisante.

— Nous lui avons demandé d'être là à quatre heures moins le quart, dit-il. Il est trois heures dix. A peu près. Nous avons donc une demi-heure pendant laquelle j'aimerais vous poser quelques questions. (Il regarda la Française.) Vous comprenez l'anglais ?

— Bien sûr, fit-elle d'une voix rauque. N'ayez-pas d'inquiétude.

Parcouru d'un délicieux frisson, Kimura s'éclaircit la voix d'un air sévère.

— Parfait. Eh bien, mesdames, sachez d'abord que nous vous avons convoquées ici avant tout pour vous expliquer sur quoi nous n'enquêtons pas. Je suis en effet certain qu'aucune d'entre vous ne possède de permis de travail, même si vous êtes toutes employées comme hôtesses au Love Box Cabaret ici à Kobe. Je vous donne ma parole que je n'ai l'intention d'en alerter ni les services de l'immigration ni ceux du fisc, étant bien entendu que je pourrai compter sur votre collaboration concernant l'enquête que je mène. L'inspecteur Noguchi a déjà clairement expliqué ce point aux employeurs de Nakayama-san, et il le répétera à Nakayama lui-même.

— Bravo, fit Nancy. J'aurais dû m'douter que des fascistes dans votre genre ont des dossiers complets sur nous autres *gaijin*.

Kimura se raidit.

— Je veux bien passer sur ce genre de commentaire cette fois-ci, dit-il. Mais n'oubliez pas que vous êtes censée coopérer.

— Du calme, Nancy chérie, dit Amanda. Laisse-le finir.

Kimura lui jeta un regard reconnaissant.

— Merci, miss Thorndike. Je répète que pour moi il ne fait aucun doute que vous gagnez de l'argent au Japon de façon illégale, mais que cela n'est pas l'objet de mon enquête. Autant que je le sache, il est très improbable que vous ayez des ennuis jusqu'à ce que vous quittiez le Japon.

— Qu'est-ce qui vous fait croire qu'on veut partir ?

Le ton de Nancy était presque aussi hostile qu'auparavant, et Kimura la considéra avec froideur, effort qui lui était facilité par le fait qu'elle était la moins séduisante des quatre.

— Vous ne tarderez peut-être pas à l'envisager vous-même, miss Bernstein, dit-il. Je fais ce métier depuis un certain nombre d'années, et j'ai rencontré beaucoup de jeunes filles comme vous. Dans votre rayon, l'argent est facile, mais vous verrez que ce mode de vie a tendance à perdre rapidement ses attraits... tout comme les gens qui gravitent autour. La plupart des filles dans votre situation s'en vont au bout de quelques mois. D'autres restent. Et quelques-unes finissent très mal. Comme Cleo Ventura.

Le long visage plein d'humour d'Amanda se rembrunit.

— Pauvre Cleo, fit-elle simplement.

— Vous la connaissiez toutes, n'est-ce pas ? (Kimura dévisagea les filles l'une après l'autre, et, surpris de voir les yeux de Judy Cheng s'emplir de grosses larmes, s'adressa à elle.) C'était une de vos amies, Miss Cheng ?

Entre deux reniflements, elle répondit dans cet anglais psalmodié que Kimura avait remarqué à plusieurs reprises chez les Taiwanais.

— Oui, Cleo est mon amie. J'aime bien parler avec elle.

— Depuis combien de temps la connaissiez-vous ? Depuis qu'elle était arrivée ici, il y a quatre mois ?

Judy secoua son petit visage, agitant la cloche de ses brillants cheveux noirs.

— Non, deux ou trois ans, dit-elle. Première fois au Japon. Yokohama. Après nous allons ensemble à Manille. Bon business là-bas. Après nous revenons ici.

Kimura avait écouté sa réponse sans la quitter des yeux, mais son champ de vision englobait Amanda, et il crut la voir ébaucher un signe d'avertissement à l'intention de Judy. Il hocha la tête et se tourna vers Hélène Dupré.

— Nous savions en effet que Cleo avait déjà séjourné au Japon, mentit-il.

— Mon œil ! lâcha Nancy.

Kimura se tourna pesamment vers elle.

— Miss Bernstein, ne poussez pas trop votre chance, dit-il. Je vous répète pour la dernière fois que j'enquête sur un meurtre. Je peux fermer les yeux sur pas mal de petites entorses, mais si vous continuez à me chercher, je vais être contraint de vous faire expulser.

— Vous inquiétez pas, j'ai pas l'intention de m'éterniser, grogna Nancy.

Contre toute logique, Kimura se sentit poussé à l'affronter. Quelque chose dans l'hostilité et la colère de la jeune fille constituait à ses yeux un défi irrésistible, même s'il regretta aussitôt sa façon de réagir. Trop de témoins purent s'apercevoir que son irritation n'avait rien de professionnel.

— Vous avez du mal à trouver des clients ? Ça ne m'étonne pas.

Nancy laissa tomber ses deux mains sur la table, et Judy, le visage encore inondé de larmes, dut prestement écarter sa bière.

— Ecoute-moi bien, flicard, commença Nancy d'une voix presque tremblante. Ne te fatigue pas avec ton baratin. Vous *détestez* les gaijin, bande d'hypocrites que vous êtes. Vous en êtes presque pathétiques. Vous vomissez ces idiotes de Blanches, mais quand vous avez le pantalon sur les chevilles, vous videriez votre portefeuille pour avoir le droit de toucher.

— Pauvre petite île prétentieuse…

C'était Amanda qui, d'une voix élégante et moqueuse, venait de s'immiscer dans la discussion. Kimura se retourna d'un bloc, comme piqué par un serpent.

— Ne vous fâchez pas, inspecteur, reprit-elle d'un ton calme. C'est une citation à propos de l'Angleterre, mais je trouve qu'elle s'applique tout aussi bien au Japon.

Kimura prit une profonde inspiration pour repousser cette nouvelle offensive, mais Amanda poursuivit sur sa lancée. Parfaitement maîtresse d'elle-même, on eût dit qu'elle avait également pris le contrôle de la situation.

Jusqu'à Nancy, qui retrouva peu à peu un teint normal en l'écoutant.

— Vous ne trouvez pas que nous perdons notre temps ? Nous ne sommes pas venues ici pour nous livrer à des joutes oratoires. Disons, pour clore l'incident, que Nancy se débrouille aussi bien que n'importe laquelle d'entre nous sur le plan financier, et que comme nous toutes elle trouve les clients plutôt tartes. La seule raison pour laquelle nous sommes ici cet après-midi est qu'on nous a fait comprendre qu'il le fallait. Peut-être en effet saviez-vous, à moins que vous veniez de l'apprendre par Judy, que Cleo était déjà venue au Japon. Quant à moi, je l'ai rencontrée quand elle est revenue, il y a quelques mois. Nous l'aimions toutes, et nous avons été salement secouées d'apprendre la nouvelle. Les gens du cabaret nous ont conseillé de coopérer avec vous, et je pense que nous devrions le faire. Toi aussi, Nancy chérie.

Il y eut un bref silence, interrompu par un long rot de Noguchi, qui ouvrit les yeux d'un air surpris avant de les refermer.

— Hum, ça fait du bien quand ça sort, n'est-ce pas ? fit Amanda.

Même Hélène et Judy sourirent.

Kimura consulta sa montre et constata avec rage qu'elle était encore arrêtée.

— Merci, miss Thorndike, dit-il. Je suis entièrement d'accord avec vous. Je n'ai pas l'intention de vous garder plus longtemps que nécessaire, mais il y a une ou deux choses que je voudrais vous demander avant l'arrivée de Nakayama. (Il jeta un regard circulaire, puis prit une inspiration avant de poursuivre.) D'abord, je dois savoir si c'était son habitude de faire… hum… des extra. Après la fermeture du cabaret.

Pour la première fois, le visage de Nancy se fendit d'un large sourire, puis elle agita la tête d'un air faussement indigné.

— Quelle drôle d'idée ! fit-elle d'une voix de petite fille effarouchée. Voilà qui est très *immoral* !

Amanda fronça les sourcils.

— Nancy, ferme-la une seconde, veux-tu ? lâcha-t-elle d'un ton sec avant de se tourner vers Kimura. Réfléchissez un peu, mon mignon. Nous avons un fixe de 5 000 yen par soir, pour cinq heures de présence au cabaret, quand on veut, entre six heures du soir et deux heures du matin. Plus peut-être 3 ou 4 000 yen de commission sur les consommations. En nous absentant une heure, on peut revenir avec facilement 25 000 de plus, ou alors attendre la fermeture, prendre un baise-en-ville et nous faire encore plus.

— Baise-en-ville ? fit Kimura qui ne connaissait pas ce terme.

— C'est notre jargon, chéri. Une brosse à dents, une culotte propre, etc. Tout ça dans un joli petit sac à main. Cleo n'aimait pas faire des allers-retours dans la soirée. Elle arrivait en général assez tard, et elle repartait à la fermeture avec son baise-en-ville, en embarquant un type. Inutile de préciser que la direction du cabaret ignore *tout* de cette petite combine.

En disant ces mots, elle fit un clin d'œil à Kimura, qui hocha la tête d'un air grave.

— Je vois, dit-il. C'est intéressant d'apprendre qu'elle se débrouillait bien. Je n'ai que la photo de son passeport pour me former une opinion sur son physique. Et je dois dire qu'elle n'était pas très jolie quand j'ai vu son cadavre.

Kimura ayant prononcé ces derniers mots en les détachant bien, l'ambiance se fit soudain glaciale. La Française se croisa même les bras sur la poitrine, comme prise de frissons.

Judy Cheng regarda Kimura avec un visage fermé.

— Cleo pas si jeune peut-être, dit-elle. Les hommes japonais l'aiment beaucoup, pourtant. Elle parle japonais bien. Elle sait ce qu'ils aiment. Quelquefois je vais avec elle pour des spécials.

C'était là une expression que Kimura connaissait bien, et il hocha la tête d'un air entendu.

— Cent mille pour vous deux, hein ? fit-il.

Judy acquiesça.

— Cent cinquante mille quand c'était moi, intervint soudain Hélène.

Kimura n'aurait pas soupçonné de tels tarifs, mais il est vrai que la blondeur de la Française devait valoir son pesant de yen. Il se râcla la gorge.

— Bien, bien. Euh… vous disiez que vous vous étiez trouvée avec elle à Manille, miss Cheng ? Même genre d'activités ?

Judy opina.

— Des Japonais surtout. Ils aiment beaucoup Cleo. Hommes d'affaires, groupes touristes. Les hommes japonais vont toujours en groupes, vous savez ?

— Comme de sales petits garnements, commenta Nancy d'un ton toutefois plus songeur qu'agressif.

Kimura l'ignora.

— Très bien, fit-il en se tournant vers Amanda. Tout à l'heure vous m'avez dit de réfléchir. A mon tour de vous le conseiller, si vous voulez bien. Vous savez que les filles qui jouent à ce jeu se font parfois attaquer, blesser et même tuer. (Le regard astucieux d'Amanda soutint le sien, et elle hocha lentement la tête.) Il est donc possible que Cleo ait été assassinée par quelque pervers sans aucun motif particulier. Mais nous devons examiner toutes les hypothèses. Réfléchissez bien. Avait-elle des clients réguliers ?

Le silence se fit presque palpable, et Kimura le laissa se prolonger. Tout le monde sursauta lorsque retentit la sonnette d'entrée, sauf Noguchi, qui fut debout et à la porte avant que Kimura et les quatre filles aient seulement tourné la tête.

— Excusez le dérangement, dit une voix masculine en japonais.

Noguchi fit un pas de côté.

— Entre, grommela-t-il. Tu es Nakayama, non ?

— Grands dieux ! Nackers s'est déplacé ! fit la voix de carillon d'Amanda, qui noya la réponse de Nakayama.

Kimura se leva tandis que le nouveau venu pénétrait dans le petit appartement.

Le centre de gravité de la situation se déplaça aussitôt vers Noguchi, qui examina le jeune homme de la tête aux pieds. Agé d'une trentaine d'années, Nakayama avait un visage terreux et maladif. Il portait un très élégant costume brun clair flambant neuf, avec une chemise et une cravate chocolat, et s'était déchaussé dans l'entrée avant de marcher sur le tatami.

— Ecoute, grogna Noguchi sans autre préliminaire. Voici l'inspecteur Kimura. Je suis Noguchi. Ton patron t'a parlé de moi. (Nakayama, une mèche de cheveux dressée au sommet du crâne, acquiesça d'un air apeuré.) J'ai quelques questions à te poser. Cet immeuble, il appartient au cabaret, pas vrai ? (Par-dessus son épaule massive, Noguchi désigna du pouce les filles installées autour de la table.) Tu es le protecteur de ces poules, n'est-ce pas ?

A présent que la conversation se déroulait en japonais, le ton avait entièrement changé. Même lorsque Noguchi, dans ses conversations avec Otani, pensait faire preuve de politesse, il employait le langage masculin le plus cru. Mais avec Nakayama, il était carrément grossier. Nakayama lui répondait d'un air hésitant, avec les mots d'un homme inculte.

— Oui. J'habite en bas. On est trois. Il y en a toujours un dans la maison au cas où les hôtesses auraient des... ennuis.

— Elles amènent des mecs, non ? le coupa Noguchi.

Nakayama secoua énergiquement la tête.

— Non. Ordre strict du patron. Pas ici.

Noguchi jeta un coup d'œil à Kimura.

— Demande ce qu'elle en pense à celle qu'a du plomb dans la cervelle, fit-il.

Kimura comprit aussitôt qu'il parlait d'Amanda.

— Cet homme dit qu'il y a toujours quelqu'un pour surveiller en bas, lui dit-il en anglais. C'est vrai ?

— Ouais. C'est notre compagnie d'assurances. Nackers est un chou.

— Vous voulez dire Nakayama ? Pourquoi l'appelez-vous *Nakazu* ?

L'accent de Kimura, quoique excellent pour un Japonais, faisait ressortir les voyelles de façon bizarre, de sorte qu'Amanda lui répondit en souriant :

— Oh ! c'est juste une petite blague entre nous. C'est parce qu'on pense qu'il n'a rien entre les... [1]. Bah ! Peu importe ! Nakayama s'occupe de nous, fait nos courses et

1. Prononcé comme Nackers, *knackers* signifie « testicules ».

ne nous demande aucune faveur en échange. Il y en a un autre qu'on voit moins souvent, celui qu'on appelle l'Incroyable Hulk. Quant à Hikino, on l'a surnommé Fred. En tout cas c'est comme ça qu'on l'appelle, Hélène et moi.

Noguchi ayant continué à bombarder Nakayama de questions pendant qu'il parlait à Amanda, Kimura se concentra de nouveau sur la conversation en japonais.

— ...Donc tu as bien pigé, fiston ? Tu n'auras aucun ennui – je veux dire aucun ennui *particulier* – tant que tu nous refileras ce que tu sais. Ces jolies gaijin représentent un gros investissement pour ton patron. Tu peux lui dire de ma part qu'on réduira son business en poussière si on n'obtient pas ces noms. Mais tant qu'il nous refile des tuyaux, j'vois aucun inconvénient à regarder de l'autre côté.

Noguchi croisa le regard de Kimura.

— Terminé ?

Kimura secoua la tête.

— Pas vraiment, mais on a de quoi commencer. Allons-y.

Il fit face aux quatre filles, exhiba son portefeuille neuf en lézard, en sortit une carte de visite et la tendit à Amanda.

— Voilà mon numéro de téléphone. Si je ne suis pas là, demandez Asagumi ou Sunao. Tous les deux parlent anglais. Vous vous souvenez de ma question. J'attends une réponse. Je veux les noms des clients réguliers de Cleo Ventura. Si vous ne connaissez pas leurs noms, décrivez-les à Nakayama. Il saura quoi faire.

Noguchi et Kimura quittèrent l'appartement. L'expression du visage de Nakayama conforta Kimura dans l'idée qu'en effet il ferait ce qu'il y aurait à faire.

Chapitre 5

— Pour moi, le fait qu'ils aient accepté le principe de cette réunion indique qu'ils sont inquiets, déclara Otani avant de porter à ses lèvres la tasse de thé vert qu'il tenait posée sur son genou.

Kimura, Noguchi et lui étaient installés dans le vaste bureau vieillot qu'occupait Otani, aux places qui leur étaient habituelles lorsqu'ils examinaient ensemble le déroulement d'une enquête. Noguchi écrasait de sa masse l'un des deux fauteuils aux accoudoirs de bois disposés avec une précision géométrique autour d'une table basse sur laquelle trônait, perpétuellement vide, un étui à cigarettes en émail cloisonné. Son crâne de boxeur appuyé contre la têtière recouverte de dentelle, Noguchi se curait les dents avec une allumette, les yeux fixés, sans la voir, sur une peinture lugubre accrochée derrière Kimura. Le tableau représentait un crépuscule d'inspiration gothique dans un paysage de montagne, avec, au premier plan, un animal apeuré qui pouvait passer pour un cerf. Aux visiteurs qui lui posaient des questions sur cette croûte, Otani avait toujours été incapable d'expliquer sa présence dans son bureau.

Kimura, élégamment affalé sur le sofa, examinait ses ongles et levait de temps à autre les yeux en hochant la tête pour approuver son supérieur, lequel, assis sur le second fauteuil, parlait en s'adressant au-dessus de la table. Otani tournait le dos à son bureau, recouvert d'une plaque de verre et, au-delà, à la fenêtre donnant sur le paysage de grues et d'entrepôts du port de Kobe. Le vieux tapis poussiéreux étendu à leurs pieds sur le linoléum brun faisait des plis, et Otani, tout en parlant, l'aplanit du bout de sa chaussure.

Seul des trois à être en uniforme, Otani portait sa tenue d'hiver en tissu bleu foncé. Sa tunique d'été gris-bleu pendait à un cintre en métal fatigué suspendu à la patère dans un coin de la pièce.

— Ils vous ont donné des noms… ?

Kimura tira sur une de ses socquettes en soie.

— Surtout des descriptions, à vrai dire. Elles ont admis sans difficulté qu'elle emmenait souvent des clients dans l'hôtel où elle a été tuée.

Ce n'était peut-être pas très fair-play, mais Otani aimait bien emmener Kimura en bateau.

— Le Fantasia. Un établissement typique en son genre, chef. Vous vous souvenez que je l'ai signalé dans mon rapport.

Otani acquiesça d'un air pénétré.

— Oui, je m'en souviens. Mais dites-moi, est-il vrai que presque tous ces hôtels ont une caméra vidéo dans les chambres ? Pensez-vous que l'assassin ait pu la laisser tourner pendant qu'il était là ?

Il regarda Kimura d'un air impassible tout en se disant que *Meurtre au ralenti* ferait un excellent titre pour un des ces romans *krimi* qu'il dévorait durant ses week-ends. A sa connaissance, un tel titre n'avait jamais été utilisé.

— Oui, beaucoup d'établissements en sont pourvus, expliqua Kimura. Ces appareils sont de moins en moins chers, et certains hôtels ont même enlevé le compteur où il fallait mettre cinq cents yen pour les faire marcher. (Otani se félicita que le Fantasia en fasse partie, car sinon sa petite démonstration télévisée avec Hanae aurait lamentablement échoué.) Les clients ont l'air d'apprécier. Inutile de dire que nous avons visionné la bande trouvée dans la chambre, mais il n'y avait rien dessus. Vous pensez bien que les gens les effacent une fois qu'ils ont fini.

Noguchi gloussa bruyamment, et les deux autres le regardèrent d'un air surpris.

— Sauf quand ils l'emportent et qu'ils en mettent une vierge à la place. Ou qu'ils en amènent une à eux pour s'enregistrer.

Sur ce, Noguchi retomba dans son silence.

— Quel intérêt, Ninja ?

En formulant sa question, Otani réalisa que si c'était Kimura qui l'avait posée, Noguchi lui aurait répondu avec le mépris impérial dont il était capable.

Mais Noguchi se contenta de grommeler un instant dans sa barbe avant de répondre.

— Un moyen économique de tourner des films pornos. Ou plutôt des cassettes pornos. On peut les faire chez soi, bien sûr, mais les hôtels à sexe ont des lits tournants, des miroirs et tous les gadgets qu'on veut. Vous emportez une cassette vierge, vous filmez, vous faites quelques copies, et puis vous les fourguez à des amateurs, vingt mille yen chacune. C'est pas le gros lot, mais y a des tas de gens qui font ça.

Pour Noguchi, c'était là une véritable tirade, et il ferma les yeux d'un air épuisé après l'avoir prononcée.

Kimura hocha la tête d'un air satisfait, comme si c'était lui qui avait fourni ces explications.

— Ninja a raison, chef, reconnut-il. Naturellement, si nous avons affaire à un maniaque, il n'est pas impossible qu'il se soit enregistré et qu'il ait emporté la bande pour se la repasser à loisir...

— Kimura, le coupa Otani d'un ton posé, vous avez l'esprit tordu, même si ce que vous dites n'est pas invraisemblable. La victime a été battue à mort avec sauvagerie, mais le rapport d'expertise n'évoque pas un psychopathe. Les coups sont ceux qu'une personne ordinairement normale peut porter dans un accès de rage. J'ai le sentiment très net que notre homme n'est pas prêt de recommencer.

Otani avala rapidement le restant de son thé, puis reposa la petite tasse sans anse.

— Bien, avançons, si vous voulez bien. Qu'avez-vous découvert grâce aux renseignements fournis par les gens du cabaret ?

Kimura se redressa et consulta une feuille de papier posée à côté de lui sur le sofa.

— Eh bien, tout d'abord, nous avons déterminé à qui appartient le Fantasia Hotel. Comme prévu, nous avons découvert une mainmise des *yakuza*, qui pourrait avoir des ramifications jusqu'au Love Box Cabaret, mais c'est une connexion très compliquée, et nous pensons qu'elle ne nous apporterait rien d'utile en ce qui concerne notre enquête.

— Qu'entendez-vous par « nous » ? intervint Otani.

L'inspecteur, qui avait sorti ses lunettes dans l'idée de jeter un coup d'œil au papier de Kimura, les balançait par une branche.

Kimura leva les yeux.

— Nous ? Eh bien… mon équipe. J'ai mis le jeune Migishima sur l'affaire.

En général, c'était Otani qui saisissait la moindre occasion de digresser, mais cette fois-ci, ce fut Noguchi qui détourna la conversation.

— Il a toujours l'intention d'épouser cette fille ? demanda-t-il.

La question du mariage de l'agent Migishima avait plus d'une fois retenu l'attention des officiers supérieurs de la police de Hyogo, parce que le jeune Migishima avait demandé avec une certaine incongruité à l'inspecteur Noguchi de lui trouver une épouse. Il en fallait beaucoup pour ébranler Noguchi, mais lorsque Nigishima lui avait exposé sa demande, Noguchi s'était précipité chez Otani dans un état frisant la panique. Otani l'avait convaincu d'accepter le rôle d'intermédiaire à lui dévolu par le jeune policier, mais l'avait en partie tiré d'affaire en l'aidant à porter son choix sur l'appétissante Junko Terauchi, du service de la Circulation. L'entrevue au cours de laquelle Noguchi avait présenté les deux jeunes gens s'était déroulée de façon satisfaisante, à peine gâchée par la tête d'enterrement de Noguchi, fort mal à l'aise et engoncé dans une chemise blanche toute neuve.

Otani sourit à son vieil ami.

— Tu devrais le savoir mieux que nous, Ninja. Après tout, c'est toi l'entremetteur.

Kimura réprima un accès d'hilarité à l'idée de Noguchi jouant ce rôle lors de l'éventuel mariage, mais se ressaisit aussitôt.

— D'après ce que je sais, ils s'entendent très bien, fit-il avec gravité. Migishima commence à parler d'un mariage début décembre, et j'ai remarqué sur son bureau des brochures de voyages de noces à Hawaï.

Noguchi se plongea dans de sombres pensées, et Kimura échangea un bref regard avec Otani avant de s'éclaircir la gorge.

— En ce qui concerne les clients de Cleo Ventura, il semble que les hôtesses que nous avons rencontrées, Ninja et moi, dans l'appartement de l'Anglaise, nous aient donné une impression erronée. Nous avons persuadé les gens du cabaret qu'il serait stupide de leur part de ne pas divulguer les informations qu'ils détiennent, de sorte que nous avons pu recouper la plupart des renseignements que nous avaient donnés les étrangères. La Philippine était très appréciée et parlait couramment le japonais, alors que ses collègues arrivent tout juste à se faire comprendre. La Ventura se faisait beaucoup d'argent. Si un de ses clients étrangers logeait dans un grand hôtel, elle l'y accompagnait, mais elle optait toujours pour le Fantasia avec ses clients japonais. Surtout quand elle emmenait une autre fille pour une passe à trois. Mais elle avait une particularité : elle n'acceptait que des clients bien habillés, des types qui avaient une situation professionnelle, ce qui rendait les yakuza furieux, parce qu'elle refusait d'aller avec eux.

— Quel genre de professionnels ? Des hommes d'affaires ?

Kimura haussa les épaules.

— Probablement, fit-il. Des gens qui ont les moyens de se payer ces extra. Ou des médecins. Des types qui gagnent bien leur vie. Elle n'était pas du genre à lever un paysan qui a vendu un lopin de terre pour s'offrir une virée en ville. Nous avons interrogé un gérant de banque qu'elle voyait souvent. Il était en voyage d'affaires en Corée la semaine où elle a été tuée. Nous tentons d'identifier un architecte et un politicien dont nous avons les descriptions. Mais aucun nom pour le moment.

— S'il s'avère que c'est un membre de la Diète, faites-le-moi savoir, dit Otani d'un ton anodin.

Kimura rit de ce qu'il prit pour une plaisanterie.

— D'accord, je vous préviendrai, promit-il.

Un petit diable mordit le cœur d'Otani.

— Surtout s'il s'agit d'un certain Yago, précisa-t-il.

Kimura eut une drôle d'expression, mais Otani s'aperçut qu'il regardait Noguchi et non lui. Tournant la tête, Otani lut sur le visage de celui-ci une expression qu'il ne lui avait jamais vue. Noguchi avait le teint pâle et l'air malade.

— Ninja ! Ninja ! Ça ne va pas ? s'exclama Otani en se levant à moitié de son siège.

Mais Noguchi reprit rapidement ses couleurs.

— Excusez-moi, lâcha-t-il. Ça va aller. Je ne sais pas ce qui m'est arrivé.

Otani s'inquiéta. Il n'avait aucune idée et n'avait jamais posé de questions sur la vie privée de Noguchi, mais il doutait qu'il eût quelqu'un d'assez proche pour s'occuper de lui en cas de coup dur. La simple idée de Noguchi en arrêt maladie paraissait absurde. Il leva rapidement la séance, congédia Kimura et interrogea Noguchi sur sa santé jusqu'à ce que, à sa grande stupéfaction, celui-ci le rembarre brutalement et quitte la pièce de sa démarche de patineur, le laissant le regard fixé sur une porte close.

Après un instant Otani se leva et alla vers la fenêtre, remarquant à peine un secrétaire qui lui apportait une pile de courrier. Ce n'est que lorsque Otani fut revenu à son bureau après avoir lâché un profond soupir qu'il remarqua la bande rouge « porteur spécial » collée sur l'enveloppe du haut de la pile, reconnaissant également le sigle de l'Agence de la police nationale dans un coin. Les échanges de courrier avec l'Agence n'étant pas rares, c'est sans hâte qu'Otani prit son coupe-papier en forme de sabre de samouraï, que lui avait offert en cadeau de bienvenue un membre du Rotary Club de Kobe Sud lorsqu'il y avait été accepté.

L'enveloppe avait été si soigneusement encollée qu'il eut quelque difficulté à trouver un interstice par où glisser la pointe de son sabre, puis, étant enfin parvenu à l'éventrer, il découvrit à l'intérieur une seconde enveloppe, marquée PERSONNEL ET CONFIDENTIEL. Sa curiosité aussitôt aiguillonnée, il déchira sans précaution la seconde enveloppe et en sortit une feuille de papier pelure portant en haut la mention : BUREAU DU DIRECTEUR DE LA POLICE NATIONALE

Comme tout document officiel, celui-ci était dactylographié dans la scripte phonétique habituellement réservée aux langues étrangères, ce qui rendait la lecture plus difficile qu'avec le mélange plus courant de caractères chinois et de phonétiques cursives, de sorte qu'Otani dut lire deux fois le papier avant de le plier soigneusement et de le glisser dans sa poche.

Il s'était bien douté qu'après avoir montré, dans un geste aussi impulsif que stupide, le netsuke au conservateur du musée de Kyoto, le directeur dudit musée prendrait des mesures, mais il n'aurait pas cru qu'il se rendrait tout droit à l'APN pour y déposer plainte contre lui. Les procédures disciplinaires au sein de la police étant très strictes, on répugnait en général à les entamer à quelque niveau que ce soit, d'autant plus à celui d'un chef de police préfectorale. Si Otani avait reçu un coup de téléphone de la Commission préfectorale de sécurité lui faisant part d'une certaine préoccupation, il ne se serait pas ému, estimant qu'il s'agissait là d'une intervention de pure forme destinée à calmer la direction du musée. Mais là, il s'agissait d'un courrier, d'une authentique lettre portant le sceau du directeur de la police nationale, demandant au commissaire Otani Tetsuo de se présenter au quartier général de l'Agence de la police nationale le lendemain à seize heures afin de procéder à une enquête préliminaire, suscitée par une allégation selon laquelle il garderait illégalement par devers lui un objet appartenant de droit à l'Etat, et placé sous la responsabilité de l'Agence pour les affaires culturelles.

Otani réfléchit un long moment, assis à son bureau, et lorsqu'il se préoccupa des autres papiers qu'on lui avait soumis, il n'y consacra qu'une attention distraite. Puis il consulta sa montre. Seize heures vingt. Dans vingt-quatre heures exactement, il serait en plein dedans. Il appuya sur le bouton de l'interphone et ordonna qu'on lui prépare un justificatif pour un aller-retour officiel à Tokyo, puis sortit son trousseau de clés de sa poche et ouvrit le coffre installé dans le coin derrière son bureau. Il contenait très peu de choses : quelques circulaires concernant des questions de sécurité, des notes confidentielles sur les gros bonnets du crime organisé dans la région, et plusieurs cahiers d'écolier dans lesquels Otani avait consigné le déroulement de certaines affaires afin de s'en servir comme matériau lorsque, de temps à autre, il allait donner une conférence à l'école régionale de formation de la police.

Il y avait également une boîte pourvue d'une minuscule serrure. Il la sortit et l'ouvrit avec la plus petite clé de son trousseau. Le netsuke y avait été jusque-là en totale sécurité, probablement plus qu'au musée lui-même. Il le sortit de la cassette, le débarrassa des mouchoirs en papier dans lesquels il l'avait enveloppé, puis remit la cassette dans le coffre. Les gens de l'APN allant sans doute exiger qu'il leur remette la figurine, il avait décidé de l'emporter à Tokyo. C'était décidément une affaire singulière, qui, semblait-il, avait le propre de susciter les passions.

Soudain on frappa à la porte et, presque aussitôt, Noguchi fit son entrée, avec l'expression de quelqu'un qui a préparé ce qu'il allait dire. Otani leva les yeux et sourit.

— Je préfère te voir comme ça, Ninja, dit-il en interrompant les explications confuses de Noguchi au sujet de sa conduite récente. Comme je viens d'apprendre que je dois me rendre à Tokyo demain matin, je suis heureux que tu sois revenu me voir.

Otani se leva et voulut se diriger vers les fauteuils, mais il remarqua que Noguchi avait les yeux fixés sur le netsuke. Il l'enveloppa vivement dans les mouchoirs et le fourra dans sa poche avant de s'approcher de l'inspecteur.

— Qu'est-ce que c'était ? demanda celui-ci. Un netsuke, n'est-ce pas ? Montre-le-moi.

Otani haussa un sourcil.

— Ninja, depuis quand t'intéresses-tu aux antiquités ? fit-il d'une voix légère. Mais tu as raison, c'est bien un netsuke.

— Où l'as-tu trouvé ?

Otani éprouva une soudaine contrariété devant toutes ces questions. Il eut un rire bref et sans humour.

— Ninja, tu n'es pas venu ici pour m'interroger sur ce netsuke. Cet objet m'appartient. Comment se fait-il que tu t'intéresses tant à lui, tout d'un coup ?

— Je veux savoir où tu l'as trouvé, insista Noguchi d'un air buté.

Otani perdit patience.

— Ninja, je suis désolé que tu ne te sentes pas bien, et je préfère mettre ton attitude sur ce compte-là. Mais sache que je n'ai aucune intention de discuter de mes affaires avec toi. Maintenant, si tu veux bien m'excuser, j'ai encore quelques papiers à signer avant de partir. Je te reverrai avec plaisir dans deux jours. En attendant, essaie de te reposer.

Il s'inclina avec raideur pour mettre un terme à l'entretien et voulut tourner le dos à Noguchi, mais leurs regards se croisèrent et les deux hommes restèrent durant plusieurs secondes en chiens de faïence, jusqu'à ce que Noguchi marmonne un simple « Désolé », fasse demi-tour et quitte la pièce.

Chapitre 6

— Chic ! Je crois que je vais t'accompagner, s'exclama joyeusement Hanae quand Otani lui apprit qu'il devait se rendre à Tokyo le lendemain.

Tous deux avaient enfilé leur *yukata* de coton bleu et blanc, et Otani se sentait beaucoup mieux depuis qu'il avait pris son bain. Hanae avait compris qu'il avait eu une journée éprouvante, et, l'ayant rejoint dans la petite salle de bains de leur vieille maison des contreforts du mont Rokko, elle s'était mise à lui savonner le dos sans qu'il lui demande.

Après s'être rincé, Otani était entré dans la baignoire carrée et s'était plongé jusqu'au cou dans l'eau brûlante, tandis qu'Hanae, malgré ses efforts pour lui tirer les vers du nez, ne parvenait qu'à lui faire dire que l'inspecteur Noguchi ne se sentait pas très bien.

A présent, ils étaient assis dans le salon du rez-de-chaussée, leurs jambes nues se balançant dans la cavité du *kotatsu* ménagée sous la table basse. Les soirées étant déjà fraîches, ils avaient allumé le convecteur électrique réglé au minimum, mais Hanae n'avait pas encore sorti la couverture dont ils coiffaient la table en hiver, et que chacun nouait grossièrement autour de sa taille afin de retenir la chaleur qui montait du radiateur.

Otani tripota le bouton du rhéostat.

— Père n'aurait jamais voulu d'un tel gadget, remarqua-t-il. Il préférait s'asphyxier doucement à la fumée de charbon. Je pensais prendre un train *Hikari* tôt demain matin pour pouvoir déjeuner avec Kinashita. Cela fait des années que je ne l'ai pas vu. Je l'ai appelé pour le prévenir que j'avais une réunion à l'Agence et je lui ai proposé que nous mangions ensemble.

Il n'avait pas dévoilé à Hanae la véritable raison de son voyage à Tokyo. Il ne se rendait que trois ou quatre fois par an dans la capitale, mais ces déplacements étaient suffisamment réguliers pour ne pas éveiller une trop grande curiosité de la part de sa femme.

— Je serais très content que tu m'accompagnes, s'empressa-t-il d'ajouter en voyant une lueur de déception passer dans le regard d'Hanae. Je me disais que ce serait aussi bien d'y passer la nuit. Ma réunion est à quatre heures de l'après-midi et elle risque de se prolonger. Tu sais comment ça se passe. Ils vont insister pour qu'on aille prendre un verre. Pendant ce temps tu pourrais faire un tour dans les magasins, et nous pourrions nous retrouver vers sept heures dans un restaurant chic.

Hanae eut une moue songeuse, prit la flasque de saké sur le petit plateau en bois laqué, constata qu'elle était vide et la remplaça par une seconde flasque jusqu'alors immergée dans une casserole d'eau chaude posée à côté d'elle.

— Je ne sais pas, dit-elle. Cela fait beaucoup d'argent pour une sortie de quelques heures. Et puis, si tu as déjà pris tes dispositions pour manger avec Kinoshita…

Otani lui lança un coup de pied affectueux sur le mollet.

— Tu vas me culpabiliser, fit-il. Je peux très bien décommander Kinoshita, comme ça nous pourrons passer une bonne partie de la journée ensemble avant que j'aille à l'Agence.

En réalité, Otani préférait avoir du temps à lui pour réfléchir à la situation, et Hanae le connaissait si bien qu'elle s'en rendit aussitôt compte.

Elle sourit, remplit la tasse de saké de son mari et secoua la tête.

— Non, ce n'était pas une bonne idée. La prochaine fois que nous irons à Tokyo ensemble, ce sera pour de vraies vacances. Il vaut mieux que tu voies tes amis sans t'inquiéter de moi. Où vas-tu loger ? A l'Agence ?

Hanae pensait à la petite aile réservée aux hôtes de passage qu'Otani lui avait montrée plusieurs années auparavant alors qu'ils longeaient l'ancien siège de l'Agence.

— Non, je ne crois pas que ce soit possible dans les nouveaux locaux. Je coucherai dans un hôtel pour hommes d'affaires, peut-être le Mitsui. Ce sera beaucoup plus confortable qu'un dortoir de la police.

Otani fut soulagé de voir qu'Hanae abandonnait si facilement l'idée d'aller à Tokyo. Il lui aurait été difficile d'empêcher sa femme de lui extorquer la vraie raison de son voyage au cours des trois heures et demie de trajet en train. Mais, réalisant qu'il se montrait inutilement cachottier, et il lui adressa un grand sourire.

— Je t'ai raconté ma visite au musée de Kyoto, n'est-ce pas ?

Hanae acquiesça d'un hochement de tête, et Otani remarqua qu'elle avait le visage curieusement empourpré, alors qu'elle n'avait bu que deux ou trois petites tasses de saké tiède.

A vrai dire, Hanae ne s'était pas encore décidée à lui raconter qu'elle avait rencontré Kimura et bu un café avec lui.

— Eh bien, je me suis dit que je ferais mieux d'emporter le netsuke à Tokyo et de le confier au Bureau des enquêtes.

Hanae hocha vigoureusement la tête.

— Je ne comprends pas que tu ne l'aies pas remis au conservateur du musée, fit-elle.

Otani grimaça.

— Ecoute, Ha-chan, rétorqua-t-il d'un ton patient. J'ai vu la photo des sept autres, et j'ai vu comment réagissait le conservateur. Je suis pratiquement certain que le netsuke que nous avons trouvé…

— Que *j'ai* trouvé.

— …que tu as trouvé fait partie de la série. Je suis pratiquement sûr que le musée finira par le récupérer. Cela dit, en tant que policier, je dois découvrir pourquoi et comment il a atterri dans la chambre d'un hôtel de passe où une jeune femme a été assassinée. Mais je crois qu'il est préférable pour le moment que je l'emporte à Tokyo.

— Tu l'as donc ici avec toi ? (Otani acquiesça.) Puis-je le voir encore une fois avant que tu l'emportes ?

Otani sortit ses jambes du kotatsu, se leva et arrangea son yukata.

— D'accord. Puisque c'est *toi* qui l'as trouvé, comme tu viens de me le rappeler.

Lorsque Otani redescendit de la chambre où ils dormaient et rangeaient leurs vêtements, Hanae avait débarrassé la table des restes de leur souper, à l'exception de la flasque de saké et des deux tasses sans anse. Otani constata avec satisfaction qu'Hanae avait rempli et remis à tremper la seconde flasque dans l'eau chaude.

— Mais qu'est-ce que tu fais ? s'étonna-t-il en voyant Hanae, le visage toujours empourpré, agiter les bras sous la table.

Elle finit par sortir une loupe qu'elle venait de nettoyer sur le pan de son yukata. Ils se servaient parfois de cet instrument pour déchiffrer les caractères chinois peu usités qui ponctuaient certaines lettres, en particulier celles de la sœur d'Hanae, qui, professeur d'histoire, aimait à jouer les intellectuelles.

— Le parfait petit détective, murmura-t-il en se réinstallant sur son coussin.

Il tendit à Hanae la figurine dans son empaquetage de mouchoirs chiffonnés. La petite pièce était très lumineuse, et Otani réalisa que c'était la première fois qu'ils allaient soumettre le netsuke à un examen aussi attentif. Hanae défit les mouchoirs et scruta la petite sculpture. Son expression rappela à Otani celle de leur fille Akiko quand elle louchait sur un détail d'une des poupées en habits de cour que lui avait offert son austère grand-père à l'occasion de la Fête des fillettes, peu après son quatrième anniversaire. Le vieux professeur Otani, qui désapprouvait violemment la profession choisie par son fils unique, s'était quelque peu radouci à cette occasion en expliquant avec gravité à la petite fille que la poupée en costume de capitaine de la garde impériale était « un homme important dans la police, comme ton papa ».

Hanae examina la petite sculpture sous le regard placide d'Otani qui sirotait son saké et remplissait de temps à autre sa tasse. Il trouvait curieux qu'un objet aussi minuscule puisse déclencher de si violentes réactions, et s'étonna encore une fois des questions pressantes de Noguchi à son sujet. Après tout, ce n'était qu'un fragment d'ivoire représentant une femme aux formes voluptueuses vêtue d'une grande robe à plis. Mais soudain une idée lui traversa l'esprit, et il se redressa sur son coussin.

— Montre-le-moi un instant, fit-il en s'emparant de la loupe.

Hanae lui tendit le netsuke, qu'il plaça sous l'instrument.

— Que cherches-tu ? s'enquit Hanae.

Il répondit à mi-voix, comme s'il réfléchissait tout haut.

— J'essaie de voir s'il n'y a pas une minuscule fissure qui pourrait indiquer quelque compartiment secret, mais le cou est parfaitement lisse, et je ne vois aucun joint à la base. Je sais que les anciens artisans aimaient démontrer leur talent, et celui qui a sculpté ce netsuke aurait très bien pu y ménager une cavité pour dissimuler un bijou, par exemple.

Il examinait la base de l'objet et sa voix mourut en prononçant ces derniers mots.

— Tu as vu quelque chose ? fit Hanae avec des yeux brillants tandis qu'Otani relevait la tête.

— Rien de très excitant, je crains. Il me semble avoir vu une minuscule inscription dans les plis de sa robe. Mais de toute évidence on n'a pas cherché à la cacher, et ça m'a tout l'air d'avoir été gravé là par l'artisan.

— Fais voir. J'ai une meilleure vue que toi.

C'était vrai, et Otani redonna le netsuke à Hanae. Elle était très sensible à leur différence d'âge, et affectait souvent de ne rien remarquer lorsqu'il se plaignait de la vieillesse ou de la fatigue.

— C'est du grec, décréta-t-elle après avoir examiné l'endroit qu'il lui avait indiqué.

Amusé par son assurance, Otani sourit d'un air indulgent.

— Tu dis ça au hasard parce que je t'ai expliqué qu'il s'agissait sans doute d'une déesse grecque ou d'une *myuzu*, comme disait le type du musée.

Hanae fronça les sourcils et le regarda d'un air sévère.

— Je ne dis pas ça au hasard, protesta-t-elle. Je reconnais certaines lettres. Le grec est un mélange de caractères romains, comme l'ABC que tu as appris comme moi à l'école, et d'autres lettres. Si tu regardes bien, tu verras une sorte de V à l'envers.

— Très bien, professeur, fit Otani, mais qu'est-ce que ça signifie ?

Le voyant sourire d'un air ironique, Hanae lui décocha un coup de pied sous la table, mais il lui emprisonna la jambe entre les siennes et, après s'être débattue sans conviction, Hanae la laissa là.

— Je ne sais pas, dit-elle. Je vais le recopier et faire des recherches. (Elle reprit son examen du netsuke, qu'elle fit tourner lentement sous la loupe.) C'est vraiment écrit tout petit. Je me demande s'il y a d'autres inscriptions.

Otani s'absorba dans ses pensées. Il ne faisait guère de doute que l'inscription avait été faite par l'artisan lui-même, et qu'elle ne pouvait avoir aucune signification actuelle. L'hypothèse d'un compartiment secret était ridicule. Il s'était conduit comme un gamin, un stupide gamin dont la propension à poursuivre des chimères avait abouti à une convocation par ses supérieurs qui serait, au mieux, un moment fort désagréable. La seule façon de limiter les conséquences cuisantes de sa conduite était de remettre le netsuke à l'Agence et de les laisser se débrouiller avec. Il lui faudrait certes expliquer comment il était entré en possession de l'objet, mais avec un peu de chance, les gens de Tokyo croiraient qu'il avait été découvert lors de la première fouille de la chambre.

Plongé dans ses réflexions, il frottait machinalement son pied contre le tiède mollet d'Hanae lorsque la voix pleine d'excitation de sa femme le tira de ses pensées.

— Chéri, dit-elle. (Ils recouraient rarement entre eux à des qualificatifs affectueux, mais elle venait d'employer celui-ci autant pour l'assurer de son affection que pour attirer son attention. Otani prit le netsuke et la loupe, et se pencha sur l'endroit que lui indiquait Hanae.) Regarde, là. Sur le gras du bras. Je l'ai d'abord pris pour une éraflure, mais on dirait que ce sont des chiffres. Tu les vois ?

Otani orienta le netsuke de façon à capter au mieux la lumière, et scruta l'ivoire que la patine rendait brun foncé dans les plis, les creux et, ici et là, les éraflures d'origine accidentelle. Il se concentra sur la face interne du bras droit, où il crut distinguer, striant le lustre de l'ivoire, de profondes incisions qui pouvaient effectivement représenter des chiffres ou des fragments de chiffres. La zone couverte par ces entailles ne dépassait pas un millimètre carré. Otani reposa la figurine et se frotta les paupières.

— Tu as peut-être raison, fit-il d'une voix lasse. Ces marques ont l'air d'avoir été faites délibérément, sans doute à l'aide d'un poinçon de bijoutier.

— C'est un message, j'en suis sûre, dit Hanae avec conviction. Il faudra que tu leur en parles à Tokyo. Ils ont certainement les moyens d'en faire une photo et de l'agrandir. Qu'en penses-tu ?

— Nous pouvons très bien les photographier dans notre propre laboratoire ici à Kobe, dit Otani en reprenant la loupe pour examiner une nouvelle fois les inscriptions. Je ne vois pas pourquoi Tokyo aurait tous les privilèges… Mais en tout cas je suis heureux de ne pas l'avoir laissé au musée. Même si ces inscriptions s'avèrent n'avoir aucune signification.

De plus, songea-t-il en s'adossant au coussin, cette découverte pourrait constituer une excellente justification de son comportement.

— Le problème, c'est que je ne peux pas organiser tout ça avant demain matin. Mais j'aimerais tout de même le garder encore quelque temps.

Hanae le regarda d'un air surpris.

— Je croyais que ton unique raison d'aller à Tokyo était de le remettre à qui de droit, dit-elle. Tu ne peux pas repousser ton voyage ?

— Non, fit Otani en regrettant de ne pas lui avoir expliqué qu'il était tout simplement convoqué. Non. Je dois y aller demain sans faute. Il s'agit d'un rendez-vous de la plus haute importance. J'emporterai quand même le netsuke. Il est autant en sécurité dans ma poche que n'importe où ailleurs, et je n'aurai pas le temps de passer à mon bureau pour l'enfermer dans le coffre. Mais après tout, peut-être que je ne le leur donnerai pas.

— Laisse-le ici, suggéra Hanae. Je le garderai. Ce n'est pas prudent de le trimbaler alors qu'il est de plus en plus évident que c'est quelque chose d'important, probablement de grande valeur. C'est peut-être même une pièce à conviction essentielle.

— Où le cacherais-tu ? Sous les tatamis ?

Otani sourit car c'est là qu'Hanae dissimulait les rares lettres qu'elle recevait de lui.

— Je ne te le dirai pas, dit Hanae avec un air de défi. Mais une chose est sûre : il sera beaucoup plus en sécurité avec moi qu'avec toi.

Otani secoua la tête.

— Je dois admettre que tu as sans doute raison, concéda-t-il. Mais, pour le moment, je le garde. Nous en reparlerons demain matin. Cette nuit, nous le mettrons par terre à côté de nous, pour pouvoir le garder à l'œil.

Il replia ses jambes hors du kotatsu, fit le tour de la table sur les genoux et vint se placer derrière Hanae. Il glissa ses mains par l'ouverture bâillant sous les manches de son yukata et les posa en coupelle sur ses seins tièdes. Elle se blottit contre lui.

— Viens, allons au lit, dit-il. Les gens qui ont à faire à Tokyo ont droit à beaucoup d'affection avant leur départ. Tu es très observatrice, Ha-chan. Merci d'avoir repéré ces inscriptions.

Chapitre 7

Otani n'était pas d'humeur particulièrement gaie à son arrivée à Tokyo, mais lorsqu'il émergea de la pénombre du souterrain en brique qui reliait le terminal des trains à grande vitesse à la gare de Tokyo proprement dite, le spectacle des nouvelles tours de bureaux du quartier de Marunouchi le rasséréna. Incontestablement, Tokyo allait en s'embellissant, et rares étaient de par le monde les capitales dont on pouvait en dire autant.

Il était onze heures trente, et il avait rendez-vous à midi avec Kinoshita dans un petit restaurant de côtelettes de porc situé à deux pas du bâtiment de la police métropolitaine et où les officiers avaient leurs habitudes. Pensant avoir le temps d'y aller à pied, Otani se mit en route en direction des murs imposants du Palais impérial qu'il distinguait au bout de la large avenue partant de la gare, mais il se ravisa bientôt et héla un taxi. Le ciel était aussi bleu et dégagé qu'à son départ de Kobe, mais il ressentit dans l'air de la capitale une fraîcheur qui n'atteindrait Kobe que deux ou trois semaines plus tard.

Il s'installa confortablement sur la banquette pendant que le chauffeur se frayait avec patience un chemin dans les embouteillages du milieu de matinée. Il se promit mentalement de féliciter Kinoshita pour l'extraordinaire prouesse que constituait de la part de la police métropolitaine le fait d'avoir réussi à ramener les taxis de Tokyo à la raison. Depuis une dizaine d'années, tous les kamikazes de la corporation semblaient s'être exilés en province. Avant de partir, il avait été irrité par ce qu'il avait d'abord considéré comme une intitiative abusive de la part d'Hanae, qui avait profité de ce qu'il se rasait pour subtiliser le netsuke, mais en réfléchissant il en était arrivé à la conclusion qu'il était bien mieux qu'elle l'ait gardé à la maison. Ainsi, au cas où ils lui demanderaient s'il l'avait apporté, il n'aurait pas à se poser la question de le leur remettre ou pas. La seule chose qui le tracassait, c'était de ne pas savoir où Hanae avait caché l'objet, mais il s'était promis d'insister pour qu'elle le lui révèle le soir même au téléphone.

Il fallut un quart d'heure au taxi pour contourner le Palais en suivant les douves, traverser Hibiya et gagner le quartier des ministères de Kasumigaseki. Tout le secteur était surveillé par la brigade anti-émeute, dont les longs véhicules gris aux épais blindages étaient stationnés aux points sensibles. Otani remarqua qu'il y avait rarement plus de deux ou trois hommes par véhicule, et en général un seul effectuant une garde débonnaire devant chaque bâtiment protégé, portant la lourde combinaison bleue en matériau capable de résister aux jets d'acide, le casque avec la visière en plastique, les brodequins et les gants, équipement qu'Otani lui-même avait endossé plus d'une fois au début de sa carrière. Comme pour démentir cet accoutrement menaçant, les policiers n'étaient armés que d'une longue matraque en bois, et les passants vaquaient à leurs occupations sans leur prêter la moindre attention.

Otani comprit vite que c'était une journée ordinaire à Tokyo, et qu'aucune mesure spéciale de sécurité n'était en vigueur. Impression qui lui fut confirmée lorsque, au moment de régler sa course au taxi qui le déposait devant la tour Kasumigaseki, il vit arriver un camion d'allure martiale surmonté d'un haut-parleur qui braillait un chant militaire de la dernière guerre. Le véhicule couleur kaki était surmonté d'un grand drapeau japonais qui flottait avec raideur sur un mât fixé à l'arrière. Du toit ouvert émergeaient les bustes de deux jeunes gens en uniforme cramponnés à la rambarde, les yeux fixés droit devant eux avec une résolution farouche. En plus du drapeau, le camion était couvert de slogans tracés sur des tissus blancs. Le parti patriotique faisait campagne pour exiger la rupture des relations diplomatiques avec l'URSS jusqu'à ce qu'elle restitue les îles occupées au nord d'Hokkaido. Le policier de la brigade anti émeute en faction à quelques mètres d'Otani ne consacra au spectacle qu'un coup d'œil distrait avant de reprendre sa garde impassible.

— Ils passent presque tous les jours vers midi, fit une voix qu'Otani reconnut aussitôt.

Il se retourna et reconnut le visage familier du commissaire Tadashi Kinoshita.

— Cela fait si longtemps ! s'exclamèrent avec ravissement les deux hommes.

Ils s'inclinèrent longuement, face à face au milieu du flot des fonctionnaires qui quittaient l'immeuble.

— Tu m'as l'air de nager dans la prospérité, constata Otani lorsqu'ils en eurent terminé avec leurs courbettes.

Kinoshita le précéda dans l'immeuble, puis vers les sous-sols abritant les restaurants.

Kinoshita était du même âge qu'Otani, mais beaucoup plus corpulent, et sa forte carrure était en effet drapée dans un costume du dernier chic. Il portait une chemise éblouissante de blancheur et une cravate d'une élégante sobriété.

— Je dois avoir l'air d'un paysan à côté de toi.

Kinoshita se contenta de sourire, puis entraîna Otani à une allure que ce dernier jugea précipitée jusqu'à un restaurant surmonté d'une grande enseigne calligraphiée : « Le Roi de la Côtelette de Porc ».

— Je voulais être sûr de trouver de la place, expliqua-t-il en entrant dans la salle et en faisant remarquer à Otani qu'il était temps. Je fais partie de ce qu'on appelle l'école française, c'est-à-dire que je mange vers une heure. C'est beaucoup plus calme. Ceux qui viennent à midi sont de vrais goinfres.

La serveuse qui prit leur commande était aussi courtoise et accueillante que la plupart de ses collègues, mais elle apprécia visiblement la rapidité avec laquelle les deux hommes opérèrent leur choix. Otani ne voulut pas prendre de bière.

— Je dois garder l'esprit clair pour cet après-midi, expliqua-t-il.

Kinoshita hocha la tête.

— J'ai été heureux que tu me préviennes de ton arrivée, dit-il. Nos amis de l'Agence sont du genre discret, mais j'ai tout de même entendu une ou deux rumeurs.

La serveuse leur apporta leurs plats, et Otani haussa un sourcil tandis que Kinoshita s'emparait d'une petite bouteille posée entre eux et arrosait sa côtelette panée d'une sauce noirâtre.

— Des rumeurs ? Quel genre de rumeurs ?

Otani avait choisi le sauté de porc, servi sur un lit de légumes crus hachés et accompagné d'un bol de riz et d'un potage de fèves. Le restaurant était à présent bondé, et deux ou trois clients attendaient près de l'entrée qu'une table se libère. Kinoshita jeta un regard autour de lui avant de répondre. Constatant qu'il n'y avait personne de sa connaissance à portée d'oreille, il fit un clin d'œil appuyé à son compagnon.

— Il y a de la promotion dans l'air, on dirait, dit-il d'un air jovial. Quand un commissaire préfectoral a rendez-vous avec le patron, ça ne peut vouloir dire qu'une seule chose. Tu as des tas d'admirateurs, tu sais. Aussi bien à l'Agence qu'au sein de la Met.

Otani avait l'habitude de contrôler l'expression de son visage, et il attaqua son plat avec une apparente équanimité.

— J'ai tout de même du mal à y croire, fit-il au bout d'un moment. En attendant, dis-moi un peu ce que tu as prévu.

Kinoshita regarda sa montre.

— D'abord, dit-il, je suppose que tu voudras passer à ton hôtel avant ton rendez-vous de… quatre heures, c'est bien ce que tu m'as dit ?

— C'était bien mon intention, approuva Otani.

Comme tout Japonais en voyage d'affaires, il était pratiquement sans bagage. Hanae avait simplement glissé une chemise propre et des sous-vêtements de rechange dans sa serviette. Il trouverait un kimono de coton fraîchement repassé dans sa chambre d'hôtel, ainsi qu'une brosse à dents, du dentifrice et un nécessaire de rasage jetable dans la salle de bains ou, à défaut, pour deux cents ou trois cents yen, à un distributeur installé dans le couloir.

— Comme ça, enchaîna-t-il, je pourrai me rafraîchir un peu et laisser ma serviette.

— Bien. Et ce soir, quelques amis et moi aimerions aller boire un verre ou deux avec toi. Il faudra bien qu'on arrose ça, pas vrai ? Rejoins-nous vers cinq heures et demie, tu verras un peu comment travaillent de vrais flics…

Otani eut un sourire contraint.

— Je ne vois vraiment pas ce qui vous fait dire que j'aurai quelque chose à arroser, dit-il. Mais je serai content de sortir avec vous. Qui doit venir ?

— Euh… voyons. Tes vieux amis Teramoto et Urami, et puis Shimozawa qui a travaillé avec toi à Kobe. Plus sans doute deux ou trois collègues de l'Agence que nous embarquerons au passage.

Il était très difficile d'avoir une véritable conversation dans le restaurant, et lorsqu'ils se séparèrent, Otani avait tout juste appris que Kinoshita était toujours sur la brèche, que les rivalités politiques et personnelles se poursuivaient avec la même âpreté entre les responsables de la Police métropolitaine et ceux de l'Agence de la police nationale, et que son fils était aux Etats-Unis, titulaire d'une bourse accordée par un grand journal, pour étudier la gestion commerciale dans une université dont Otani n'avait jamais entendu parler, mais que Kinoshita semblait tenir en grand respect.

L'hôtel, situé derrière les vastes galeries marchandes d'Akasaka et commodément proche à la fois de l'Agence et d'une ribambelle de bars et de restaurants, était aussi net, impersonnel et peu prétentieux que la plupart des autres hôtels dits « d'affaires ». Otani se demanda brièvement comment ils réussissaient à pratiquer des tarifs aussi modérés, mais oublia la question dès que, lavé, rasé et ragaillardi en prévision de l'épreuve qui l'attendait, il eut quitté l'hôtel et fut descendu dans la station de métro Akasaka Mitsuke pour rejoindre Kasumigaseki, à deux stations de là par la ligne Marunouchi. C'était la première fois qu'Otani se rendait dans les splendides bâtiments neufs qui abritaient désormais l'Agence de la police nationale et, malgré ses préoccupations, il était curieux de voir à quoi ils ressemblaient. Probablement rien à voir avec le long bâtiment bas en briques avec lequel il s'était familiarisé au cours des années, et qui gisait non loin, abandonné et désert.

En dépit du car de la police anti émeute stationné à proximité, des deux gardes près de la grille et du personnel de la réception au rez-de-chaussée, Otani pu prendre l'ascenseur jusqu'au troisième étage sans que personne ne lui demande ses papiers. Il arpenta une enfilade de couloirs ultramodernes jusqu'à un hall d'accueil spécial précédant les bureaux de la direction de la police nationale. Contrairement à ce que pensait Kinoshita, qu'il n'avait pas jugé utile de détromper, Otani n'avait pas rendez-vous avec le directeur en personne, mais avec l'un des hauts commissaires de l'Agence, au troisième échelon en dessous du directeur et du sous-directeur.

L'Agence faisait plus penser à un ministère qu'à un quartier général de la police, et ses principaux responsables étaient assistés non par des hommes en uniforme, mais par un personnel administratif civil.

Avant les bureaux du directeur général, derrière une simple table exempte du moindre papier, était assise une charmante jeune fille vêtue d'un corsage rouge à pois et d'une jupe bleue beaucoup plus courte que celles qu'Otani voyait à Kobe. Elle lui rappela les mini jupes des années soixante qui avait tant horrifié Hanae lorsque leur fille Akiko s'était mise à en porter. Pourtant, il les avait trouvées beaucoup plus seyantes que les jeans et sweat-shirts crasseux qu'elle affectionnait durant sa période de militantisme étudiant, et il jeta un coup d'œil appréciateur aux longues jambes et aux talons hauts de la réceptionniste lorsqu'elle se leva pour le faire entrer, non sans lui avoir au préalable demandé poliment sa carte professionnelle dont elle vérifia attentivement la photo. Les jambes des filles de la capitale, tout comme les manières de ses automobilistes, s'amélioraient nettement.

Le scrupuleux Otani avait prévu d'arriver juste à l'heure, mais son comité de réception l'attendait déjà, debout près de la fenêtre dans un nuage de fumée de cigarette. Le haut commissaire se détacha du groupe et salua

Otani d'une brève inclinaison de la tête. Otani l'avait déjà rencontré une ou deux fois et, bien que son visage parcheminé lui rappelât les traits rébarbatifs de son assistant, l'inspecteur Sakamoto, il savait que le commissaire Kawai était d'une sagacité qui ferait toujours désespérément défaut au pauvre Sakamoto.

Kawai lui présenta les trois autres policiers, ne mentionnant que leur nom et leur grade. Le commissaire Okada, vêtu avec une élégance recherchée, aurait pu être le jumeau de Kimura ; le commissaire principal Nitta avait le crâne chauve et un visage mobile de comédien, tandis que le jeune inspecteur adjoint Morihara arborait une expression dédaigneuse sur son visage immature. Otani n'avait jamais rencontré Okada, mais il en avait entendu parler comme d'un élément prometteur susceptible de se voir confier avant longtemps la responsabilité d'une police préfectorale. Otani, qui connaissait bien Nitta, fut surpris de le trouver là. Après que le haut commissaire leur eut enjoint de prendre place dans les fauteuils de brocart répartis autour d'une table basse étincelante, on fit circuler les paquets de cigarettes et la charmante réceptionniste leur apporta des tasses de thé vert. Otani se demanda avec quelque perplexité comment le commissaire principal Nitta, en charge du Bureau des enquêtes criminelles, avait pu distraire ne serait-ce qu'une heure son attention des investigations sur les pots-de-vin et la corruption au sein des cercles dirigeants du pays afin de se pencher sur une plainte somme toute dérisoire émanant du Musée national.

Le jeune Morihara avait apparemment été convoqué pour servir de greffier, car il s'installa à l'écart avec calepin et stylo. Kawai s'éclaircit bruyamment la gorge, mettant ainsi fin aux remarques sur la pluie et le beau temps à Tokyo et Kobe ainsi qu'aux commentaires sur le prix exorbitant des tickets des super-express de la nouvelle ligne interurbaine. Mais un bon moment passa avant qu'on en arrive au cœur du problème, car il fallut d'abord présenter de longues excuses à Otani pour avoir perturbé son emploi du temps sans aucun doute très chargé, et le remercier avec toute la sincérité requise pour avoir consenti à faire le long trajet jusqu'à Tokyo.

Otani prit alors la parole pour nier énergiquement que ce voyage lui eût causé le moindre désagrément, et pour s'excuser à son tour d'avoir contraint l'Agence à modifier son emploi du temps de façon impromptue, et d'importuner ses supérieurs avec les problèmes insignifiants d'une lointaine police provinciale. Après cet échange de courtoisies, Kawai se racla de nouveau la gorge, et un bref silence s'ensuivit, seulement troublé par l'inspecteur adjoint Morihara qui avala bruyamment quelques gorgées de thé. Cette façon de boire n'avait rien d'impoli mais, en l'absence de tout autre bruit, elle attira l'attention générale. Morihara rougit légèrement et reposa sa tasse.

— Pour tout dire, reprit Kawai en employant la formule conventionnelle destinée à introduire un sujet délicat, il est apparu un petit problème dont nous aimerions discuter avec vous.

— D'après ce que je comprends, dit Otani, il s'agit d'une plainte contre moi, n'est-ce pas ?

Un imperceptible frisson parcourut les hommes assis autour de la table devant un langage aussi direct, mais le haut commissaire acquiesça d'un hochement de tête.

— C'est exact. Plainte déposée auprès du directeur général par l'Agence pour les affaires culturelles. Il semble que vous déteniez un objet ayant le statut de trésor national, et que vous ayez refusé de le remettre au représentant officiel de l'Agence pour les affaires culturelles, à savoir le directeur du Musée national de Kyoto.

Morihara nota fiévreusement cette dernière réplique, et Otani attendit qu'il ait terminé avant de répondre. A présent que les choses étaient clairement exposées, il se sentait calme et confiant.

— Cette allégation n'est pas fondée, monsieur. Ni dans le fond ni dans la forme. (Kawai ne réagit pas, se contentant de se gratter le lobe de l'oreille.) Je n'ai reçu aucune demande de restitution de l'objet en question de la part du directeur du musée, et il n'est en rien établi qu'il s'agisse d'un trésor national. L'objet que réclame le musée est actuellement sous la garde de la police comme pièce à conviction dans une enquête criminelle, et il le restera jusqu'à ce que cette enquête soit terminée.

— Sous la garde de la police ? s'étonna Nitta d'une voix aussi enrobée que son personnage. Il n'est fait aucune mention de ce… hum… netsuke dans l'inventaire de la préfecture de Hyogo. (Le vieux renard avait dû se renseigner par téléphone le matin même. Otani se trouva pris au dépourvu.) Ne serait-il pas plutôt sous votre garde personnelle ? Ceci n'est pas à proprement parler une enquête disciplinaire, commissaire. C'est pourquoi je vous demanderai de nous répondre en toute franchise. Vous ne prétendez tout de même pas que les responsables du musée ont menti ?

Otani secoua la tête et se redressa sur son siège.

— Non, monsieur, et je suis tout à fait disposé à exposer clairement la situation. J'aurais préféré que le directeur du musée me formule directement sa demande avant d'agir comme il l'a fait. Je conserve sous ma garde personnelle, à Kobe, un netsuke en ivoire trouvé dans une chambre d'hôtel où une jeune femme a été assassinée. Afin d'établir si oui ou non cet objet devait être retenu comme pièce à conviction, j'ai consulté non le directeur, absent, mais son assistant, le conservateur du musée de Kyoto. Je reconnais que ce netsuke constitue très probablement l'une des deux pièces manquant à une série qui en comportait neuf à l'origine. Les sept autres, d'après ce qu'on m'a dit, ont été acquises par l'Etat peu après la Seconde Guerre mondiale, et déclarées trésors nationaux. Un tel statut n'a évidemment pas été conféré à un objet dont on ne savait même pas à l'époque s'il existait encore : c'est tout à fait impossible. Mais, comme le montre ma démarche auprès des responsables du musée, je n'ai en rien tenté de dissimuler le fait qu'un des netsuke manquants a très probablement été retrouvé. Je ne m'opposerai pas non plus à une éventuelle démarche de l'Agence pour les affaires culturelles en vue de conférer à cet objet le statut de trésor national. Si ce statut venait à être reconnu, le netsuke serait bien évidemment remis aux autorités compétentes.

Un bref sourire flotta sur la bouche étroite de Kawai.

— Otani-san, vous savez très bien que ce genre de procédure prend, dans le meilleur des cas, plusieurs mois. Pourquoi tenez-vous tant à le garder par-devers vous ? Bien négociée, cette découverte pourrait avoir des retombées prestigieuses pour la police de Hyogo et pour vous personnellement. Pensez un peu aux titres des journaux : « La police retrouve un trésor disparu ». La nouvelle n'aurait peut-être pas un écho international, mais cela nous mettrait du baume au cœur dans ces temps difficiles. Au lieu de quoi vous vous obstinez dans une position qui suscite la colère des gens du musée.

Otani secoua la tête. Il était tout à fait conscient de paraître aussi inébranlable que l'était son point de vue.

— Ce que je ne comprends pas, dit-il, c'est l'empressement dont ils font preuve. Ils ont vécu sans ce netsuke depuis plus de trente ans, et ils n'avaient aucune raison de penser qu'ils le récupéreraient. Or, ils savent bien qu'un jour ou l'autre il leur reviendra. En attendant, plus ils s'agitent, et plus je suis convaincu qu'il s'agit bien d'une pièce à conviction, et plus je pense qu'elle est importante.

Il saisit sa tasse de thé, à présent complètement refroidi, et, en relevant les yeux, remarqua un regard entendu entre Nitta et Okada.

Le haut commissaire Kawai exhala un petit soupir.

— Vous nous placez dans une position difficile, commissaire, dit-il. D'un point de vue purement technique, je ne peux pas contester votre raisonnement. Il est clair que, contrairement à ce qui a été suggéré, vous n'avez pas violé la loi sur les propriétés culturelles. D'une manière générale, vous ne semblez pas avoir outrepassé vos compétences, même si je dois vous faire remarquer que celles-ci ne vous confèrent pas le droit de retenir un objet de valeur sans le faire figurer sur votre inventaire officiel. Dans votre propre intérêt, la mise sous garde policière de cet objet doit être régularisée. Si vous insistez pour que le netsuke reste encore un certain temps entre les mains de la police, je dois insister à mon tour pour qu'il soit confié à la garde de notre Agence. Les officiers de police de la préfecture de Hyogo pourront y avoir accès pour toute raison dûment justifiée.

Sur ces mots, Kawai se leva et tout le monde l'imita.

— C'est un ordre, commissaire, ajouta-t-il d'un air contrit. Il est regrettable que vous n'ayez pas apporté cet objet avec vous. C'est ce que vous auriez dû faire s'il était, comme vous le dites, sous votre garde personnelle. Le garder dans le coffre de votre bureau de Kobe ne correspond pas à cette définition. (Otani s'inclina en silence tout en se demandant quelle serait la réaction de Kawai s'il savait que le netsuke non seulement n'était pas dans son coffre, mais que lui-même ignorait où il se trouvait exactement.) Vous retournez à Kobe demain, n'est-ce pas ? Bien. Un ordre de restitution vous sera adressé. Il sera de votre responsabilité de faire parvenir l'objet au commissaire principal Nitta. Le BEC en assurera la garde jusqu'à ce que son statut légal soit clarifié.

Le haut commissaire s'inclina avec raideur et se dirigea vers la porte, Morihara sur les talons. Nitta resta un peu en arrière, parut vouloir dire quelque chose, contorsionnant comiquement son visage élastique, puis fit un grand sourire et sortit à son tour en silence.

Otani resta seul avec le commissaire Okada.

— Je suis enchanté de vous avoir enfin rencontré, fit-il avec amabilité.

— Dommage que l'occasion ne soit pas vraiment agréable, répliqua Otani.

Il estimait avoir remporté une modeste victoire, mais à un prix beaucoup trop élevé. Bien que Kawai n'ait pu le prendre vraiment en défaut, les irrégularités évidentes auxquelles s'était livré Otani avaient suffi à justifier la toute première réprimande dont il avait jamais fait l'objet. Tout dépendait à présent de la façon dont Kawai réagirait à son absence de repentir. Au regard de l'attitude du haut commissaire, Otani ne savait pas s'il allait saisir la première occasion pour lui mettre des bâtons dans les roues ou au contraire oublier rapidement toute l'affaire.

D'un geste qui lui fit aussitôt penser à Kimura, Okada se passa avec élégance la main dans les cheveux.

— Shimozawa, de la Met, est un ami à moi, fit-il d'un air hésitant. Il m'a dit que quelques-uns de vos amis vous invitaient à boire un verre. Il a… hum… suggéré que je me joigne à vous. Y verriez-vous un inconvénient ?

En le regardant, le moral d'Otani remonta d'un cran. Il était évident qu'Okada désirait lui parler, et il avait lui-même pas mal de choses à lui demander.

— Au contraire, j'en serais enchanté, dit-il. Voulez-vous m'accompagner jusqu'au siège de la Met ?

Chapitre 8

Otani ne savait plus si c'était le quatrième ou cinquième bar où ils entraient depuis le début de la soirée, mais sa montre, qu'il dut examiner un bon moment avant de la stabiliser dans son champ de vision troublé, n'indiquait qu'un peu plus de neuf heures et demie. Alors qu'ils étaient une douzaine quand ils avaient commencé leur tournée, ils s'étaient d'abord sustentés d'un solide barbecue de bœuf à la coréenne, accompagné de platées de riz et d'une honnête quantité de bières dans un restaurant bruyant mais chaleureux situé dans une petite rue d'Akazaka, où l'ancien subordonné d'Otani avait entretenu l'hilarité générale en décrivant la vie qu'il avait menée dans une académie de police anglaise située dans un endroit du nom de Hendon. Récemment rentré d'un stage de formation qui s'y était tenu, il caricaturait les manières britanniques, marmonnant comiquement avec une pipe au bec.

Le premier bar où ils s'étaient rendus en sortant du restaurant les avait déçus, et ils avaient probablement commis une erreur en se mettant d'emblée au whisky Suntory allongé d'eau. Ils eurent la nette impression que la mamma du bar trouvait qu'il était un peu tôt pour pousser la romance avec des trémolos dans la voix, et ils étaient partis au bout d'une demi-heure à peine. Peu après, trois de leurs compagnons, dont Otani ne gardait qu'un souvenir vague, les avaient quittés en quête d'un bain turc. La bande ainsi amputée avait beaucoup plus apprécié le bar suivant, où Teramoto, qui paraissait maîtriser assez bien l'anglais, engagea la conversation avec un homme d'affaires américain, jouant même les interprètes entre lui et l'hôtesse japonaise à qui l'homme voulait décrire en détail sa ville natale du Minnesota. L'Américain fit circuler des photos de famille, et ils chantèrent quelques chansons de plus sans s'attirer de commentaires désobligeants.

C'est en sortant de là qu'ils avaient perdu Urami et Teramoto, qui habitaient loin du centre. Otani ne se souvenait plus du moment exact où étaient partis les autres, toujours est-il qu'il se retrouvait à présent seul avec Kinoshita et Okada, dans un petit bar tranquille sans hôtesses. En dehors du jeune homme qui tenait le bar, il n'y avait là que la mama-san, une femme d'une quarantaine d'années au visage agréable et à l'esprit vif. Après avoir salué Kinoshita, client régulier et visiblement apprécié, qui l'informa qu'Otani arrivait tout droit de Kobe, ce qui déclencha chez elle une série d'exclamations de ravissement et de souhaits de bienvenue, elle avait installé confortablement les trois hommes à une table en coin, leur avait apporté leurs boissons et un ravier de petits morceaux de calmars séchés, puis était retournée s'asseoir avec le seul autre client de l'établissement, un vieil homme qu'elle gratifiait de respectueux *sensei*. D'après son allure, il devait être professeur plutôt que docteur, mais il était impossible de le dire avec certitude.

— C'est peut-être même un membre de la Diète, suggéra Okada lorsque Otani lui demanda son avis. Ils aiment bien qu'on les appelle « sensei ».

Il s'appuya contre son dossier et alluma une cigarette avec des gestes qui rappelèrent une nouvelle fois Kimura à Otani, bien qu'Okada ait une attitude nettement moins suffisante que son collègue de Kobe. Otani, contrit, ne savait pas s'il avait bu plus que ses collègues ou s'il tenait moins bien l'alcool, mais il enviait Kinoshita qui, l'air épanoui, tenait son verre d'une main ferme sans que son large visage ne présente le teint empourpré qui, comme Otani l'avait constaté dans le miroir au-dessus du minuscule lavabo du bar précédent, commençait à marquer le sien. L'hôtesse qui, à sa sortie des toilettes, lui avait tendu une tiède petite serviette humide pour qu'il s'essuie les mains avait beau lui avoir assuré qu'il avait l'air en pleine forme, Otani savait bien que la formule, même prononcée par une ravissante jeune fille de la capitale, tenait de la même catégorie d'euphémismes dont on était coutumier dans le Kansai.

— Vous devez être fatigué, dit soudain Okada.

Il ne s'était pas montré très loquace pendant le trajet entre l'APN et le siège de la police métropolitaine où ils devaient retrouver les autres, répondant même d'assez mauvaise grâce aux questions d'Otani, et, plus tard, s'était tenu à l'écart de la conversation, aussi bien au restaurant que dans les différents bars qu'ils avaient visités. Otani le démentit d'un signe de tête, mais ne put empêcher son visage de tressaillir. Il avait la bouche sèche et amère, ses yeux lui cuisaient et, tout en assurant sans grande conviction ses compagnons qu'il se sentait très bien, il était conscient d'avoir passé le stade de la bonne humeur et de s'enfoncer doucement dans la déprime.

— Si vous me permettez de donner mon opinion, je crois que le patron a été très impressionné par votre réaction, cet après-midi, poursuivit Okada à mi-voix. Il était obligé de vous convoquer, vous comprenez.

Dans son ivresse, Otani ne sut pas comment prendre cette déclaration et, mal à l'aise, se tourna vers Kinoshita.

— Ne t'inquiète pas, fit celui-ci. Nous sommes tous au courant. Ce qu'Okada-san veut dire, c'est que l'Agence a été soumise à de fortes pressions politiques.

Otani cligna des yeux et essaya de se ressaisir.

— Un certain *sensei* a mis tout son poids dans la balance, reprit Okada en jetant un coup d'œil au vieillard plongé dans son conciliabule avec la mama-san.

— Yago ?

Kinoshita eut l'air surpris d'entendre Otani prononcer ce nom, puis aquiesça d'un hochement de tête.

— Même si nous faisons mine de nous chamailler tout le temps, dit-il, quelques-uns d'entre nous au sein de la Met ont gardé un contact étroit avec Okada-san ici présent et plusieurs de ses collègues de l'Agence. Surtout en ce qui concerne les politiciens. La Met est chargée de la sécurité des ministres et des membres influents de la Diète, et nous… disons… nous en gardons certains autres à l'œil.

Même à travers les brumes de l'alcool, Otani commençait à distinguer une certaine logique dans la conversation, et il regarda alternativement ses deux compagnons.

— Reprenez ça depuis le début, fit-il d'une voix quasi normale et en tout cas assez énergique pour que la mama-san tourne la tête vers eux d'un air interrogateur.

Kinoshita lui sourit et lui indiqua leurs verres vides.

Pendant qu'elle attendait au bar que le garçon prépare trois nouvelles consommations, Okada prit la parole.

— Non, dit-il d'un ton posé. C'est à vous de parler. Vous êtes le point de départ de cette histoire. Comment avez-vous entendu parler de Yago ? Comment expliquez-vous la présence de ce netsuke dans une chambre d'hôtel ?

La mama-san apporta les boissons et Okada mâchonna un bout de calmar pendant qu'Otani leur résuma sa conversation avec le conservateur du musée de Kyoto.

— C'est comme ça que j'ai entendu parler pour la première fois de Yago, conclut-il. Il m'est pour le moment impossible de répondre à la seconde question, mais il y en a une autre qui m'intéresse de plus en plus, c'est celle de savoir pourquoi tant de gens semblent s'inquiéter de ce que je veuille garder le netsuke.

Otani se sentait tellement en confiance avec ces supérieurs et néanmoins collègues qu'il faillit mentionner l'inscription qu'avait découverte Hanae, mais quelque chose l'en empêcha.

Okada hocha la tête d'un air songeur.

— D'après ce que je crois savoir, l'enchaînement des événements a débuté semble-t-il par une démarche de Yago auprès du ministre de l'Education. Ils appartiennent à la même faction de leur parti. Le ministre a alors contacté le directeur général de l'Agence pour les affaires culturelles, qui est placé sous l'autorité du ministère de l'Education, et c'est lui qui à son tour a effectué une démarche auprès du chef de l'APN. A mon avis, la plainte n'émane pas du musée lui-même, car dans ce cas elle aurait été gérée à un niveau beaucoup plus bas. Mais quand Yago a commencé à secouer le cocotier, le directeur de l'Agence pour les affaires culturelles a dû apprendre très vite que vous aviez brandi le netsuke en question sous la barbe du conservateur.

Otani hocha la tête, les yeux ronds. L'esprit tout embrumé, il jugea préférable de se contenter d'écouter plutôt que de parler. Kinoshita posa ses lunettes et se pencha au-dessus de la table.

— Ce que nous aimerions savoir, et ce que tu devrais te demander, c'est comment Yago a appris que tu étais en possession du fameux netsuke, fit-il en tapotant la cuisse d'Otani.

Otani cligna une nouvelle fois des yeux.

— Pourquoi surveillez-vous Yago ? A cause de son père ?

Kinoshita secoua la tête, puis vida son verre.

— Non, répondit-il. Les liens de Yago avec l'extrême droite ne concernent pas vraiment la police, et il n'a jamais fait mystère de ses sympathies. Il n'existe aucune loi contre ça. Mais tu sais aussi bien que moi que quand tu grattes la surface d'un extrémiste de droite, tu tombes bien souvent sur un gangster, et nous aimerions bien savoir d'où notre oiseau tire son argent. Les gens du fisc aussi, d'ailleurs.

Kinoshita s'était levé en prononçant ces derniers mots, et il consulta sa montre.

— Dix heures et quart, annonça-t-il. A quelle heure comptes-tu partir demain ?

Otani comprit que la soirée était terminée, et, comme Okada, se leva à son tour. Le sol lui parut un peu instable, mais il constata avec satisfaction que son cerveau ne fonctionnait pas trop mal. Il réussit même à faire un petit sourire.

— Pas très tôt, j'imagine. Je verrai à quelle heure je me lève et je réserverai ma place à la gare. J'espère partir vers dix heures.

Okada l'observa pendant que Kinoshita allait régler les consommations.

— J'aimerais prendre un café avec vous avant que vous partiez à la gare, dit-il. Je vous attendrai dans l'entrée de l'hôtel à partir de neuf heures. Mais ne vous pressez pas pour moi.

Les trois hommes eurent une brève discussion sur le trottoir. Kinoshita, mollement approuvé par Okada, voulait raccompagner Otani jusqu'à son hôtel. Mais Otani n'eut pas à insister beaucoup pour les en dissuader, et il monta bientôt dans un taxi tandis que les deux autres, debout dans la rue, le saluaient avec de profondes courbettes. Le trajet dura plus longtemps que prévu en raison d'un embouteillage provoqué par des travaux de percement d'une nouvelle ligne de métro, qui se poursuivaient malgré l'heure tardive à la lumière de violents projecteurs. Le taxi le déposa devant l'hôtel quelques minutes avant onze heures.

En se dirigeant vers les ascenseurs après avoir récupéré la clé de sa chambre, Otani remarqua une rangée de cabines téléphoniques, dont deux, de couleur jaune et à cadran digital, acceptant les pièces de cent yen pour les appels interurbains. Il passa ses poches en revue et découvrit quatre pièces, largement de quoi souhaiter une bonne nuit à Hanae. Si elle désirait lui parler plus longtemps, elle pourrait toujours le rappeler dans sa chambre. Après avoir composé une première fois le numéro, il conclut qu'il avait dû faire une erreur. Bien que leur maison soit minuscule, le travail d'Otani avait justifié l'installation de deux appareils en plus de celui situé dans l'entrée : un dans leur chambre, à l'étage, et l'autre dans la cuisine, au fond de la maison, où il pouvait l'entendre lorsque, dans le petit jardin, il taillait ses bonsaïs, plantés dans de précieux pots de céramique, avec le sécateur usé, mais soigneusement affuté et si bien adapté à sa main, dont son père, avant lui, avait coutume de se servir. On n'attendait donc jamais plus de trois ou quatre sonneries avant de répondre, mais pour être sûr, Otani en compta dix avant de raccrocher et de recomposer le numéro, mettant cette fois une application d'alcoolique à enchaîner correctement les séquences de chiffres.

Bizarre. Il était certain de ne pas s'être trompé, et pourtant il compta quinze sonneries avant de raccrocher et de récupérer les pièces qui dégringolèrent au bas de l'appareil. Il consulta sa montre. D'habitude, Hanae était au lit depuis une demi-heure, mais vu son absence, elle aurait sans doute veillé un peu plus tard, à regarder la télévision ou à lire un de ses magazines féminins bourrés de publicités. Il était beaucoup trop tard pour qu'elle soit encore dans son bain, et inconcevable qu'elle soit sortie. A moins que… Il glissa à nouveau les pièces dans la fente et composa un autre numéro. Sa fille Akiko et son mari avaient l'habitude de se coucher tard, et ils avaient peut-être invité Hanae à passer la soirée avec eux, auquel cas ils allaient encore faire veiller le bébé jusqu'à des heures indues.

Son gendre fut un peu surpris de l'entendre, surtout quand il lui précisa qu'il appelait de Tokyo. Non, Hanae n'était pas là et elle n'avait pas passé la soirée chez eux. Est-ce qu'il y avait un problème ? Réprimant une inquiétude grandissante, Otani assura Akira Shimizu que tout allait bien, qu'à vrai dire il avait un peu bu et qu'il avait dû tout simplement oublier qu'Hanae lui avait fait part de son intention de sortir. Après quelques phrases apaisantes, et après avoir assuré une dernière fois le jeune homme que tout allait bien, ils se souhaitèrent le bonsoir.

Otani avait dépensé trois pièces de cent yen. Il se dit qu'il pourrait demander de la monnaie au gardien de nuit, mais préféra remonter dans sa chambre, où il se passa la tête sous l'eau froide avant de réfléchir à la situation. Otani n'avait aucune idée de l'endroit où pouvait se trouver Hanae. Certes, même si elle était sortie seule, elle ne courait aucun danger. Otani accueillait toujours avec incrédulité les récits d'agressions et de viols commis dans les villes d'Europe et d'Amérique. Au Japon, les seules occasions où une femme était susceptible, dans un lieu public, de se retrouver dans une situation fâcheuse, c'était lorsqu'une hôtesse de bar ou une prostituée se trouvait la cause d'une bagarre d'ivrognes.

Le couple Otani n'avait pas de voiture. Pour son travail, le commissaire se déplaçait dans la Toyota Police Special conduite par le fidèle Tomita, et pour leurs escapades privées, Hanae et lui utilisaient le train ou le taxi. Les transports en commun s'interrompaient entre minuit et cinq heures du matin, mais on trouvait des taxis en maraude toute la nuit dans les rues les plus animées. Ils avaient d'ailleurs fort à faire avec les couche-tard, qui, à l'exception des femmes dont le métier consistait à leur tenir compagnie, étaient tous des hommes.

Ragaillardi et l'esprit éclairci par l'eau froide, Otani s'assit, en manches de chemise, au bord du lit de sa petite chambre et décrocha le téléphone. N'entendant pas d'opératrice au bout du fil, il en déduisit avec satisfaction que l'hôtel était équipé d'une de ces banques de mémoire électronique grâce auxquelles on pouvait passer directement des appels longue distance. Il composa une nouvelle fois son numéro à Kobe. Il était à présent onze heures et demie, et Hanae, même si elle était sortie, était sûrement rentrée. Déjà abattu, son angoisse grandit à mesure que les sonneries s'égrenaient sans réponse. Elle devait avoir eu un malaise, elle devait être tombée dans la maison, hors de portée d'un téléphone. Ou alors elle s'était électrocutée avec un de ces foutus gadgets ménagers. Il avait lu des tas d'accidents de ce genre dans les journaux ces derniers temps.

Otani consulta sa montre pour la vingtième fois au moins depuis qu'il était rentré à l'hôtel. Il était hors de question qu'il se couche. S'il en avait eu la possibilité, il aurait réglé sa chambre et serait reparti sur-le-champ à Kobe, mais il n'existait pas de trains de nuit. Il lui faudrait attendre jusqu'à six heures du matin avant de pouvoir prendre l'avion ou le train et, pendant ce temps, Hanae avait besoin de lui. Il en était persuadé. Il se contraint à envisager brièvement la possibilité qu'elle ait eu un amant : après tant d'années de vie commune, peut-être était-elle lasse de lui. Après tout elle était encore très séduisante. Etait-il possible qu'en ce moment même, elle soit en train de se tordre de plaisir, nue sur le lit d'un hôtel d'amour, moite de sueur et gémissant sous les caresses d'un autre, convaincue que son mari allait tellement se saouler avec ses vieux amis de Tokyo qu'il en oublierait de l'appeler ?

Non. Impossible. Non seulement cette idée impliquait un horrible manque de confiance, mais elle ne rimait à rien. Il n'y avait qu'une chose à faire. Otani passa dans l'alcôve où il avait suspendu sa veste, et en sortit le calepin contenant les numéros de téléphone où il pouvait joindre ses proches collaborateurs. Noguchi pouvait ainsi être contacté à n'importe quelle heure de la nuit dans un snack d'un quartier de Kobe où Otani ne s'était jamais aventuré. Noguchi ne parlait jamais de sa vie privée, mais les rares fois où Otani avait laissé un message à ce numéro, Noguchi l'avait rappelé quelques minutes plus tard.

Toutefois il préférait confier cette mission à Kimura. Sur les six numéros qu'il lui avait donnés, cinq étaient barrés. Otani n'avait jamais compris pourquoi Kimura aimait à changer si fréquemment de pénates, pas plus qu'il n'avait jamais visité aucune de ses résidences successives. S'il s'avérait que son numéro avait encore changé, Otani devrait appeler l'officier de permanence à la préfecture, et cela ne l'enchantait guère. Ce fut donc avec un soulagement tout relatif qu'il entendit au bout du fil la voix familière de Kimura.

— Kimura-kun ? Ici Otani. J'appelle de Tokyo. Désolé de vous importuner à cette heure-ci. J'espère que je ne vous dérange pas. Voilà… je suis très inquiet à propos de ma femme…

La conversation fut brève mais pénible, et après avoir raccroché, Otani alluma une cigarette et s'allongea sur le lit, impuissant et rongé d'angoisse. Dans le meilleur des cas, il devrait attendre encore une heure avant que Kimura ne le rappelle.

Chapitre 9

Il était un peu plus de vingt heures trente, et Hanae passait une agréable soirée solitaire. Autrefois, cela lui arrivait beaucoup plus fréquemment, car Otani était souvent de service de nuit et, même lorsqu'il était théoriquement de jour, il pouvait être retenu jusqu'à n'importe quelle heure. Mais l'équipe de nuit appartenait au passé, et il était assez rare désormais que son travail le retienne une soirée entière.

En ce mois de novembre, la température se rafraîchissait dès le coucher du soleil, et il était agréable de rester dans la chaleur paisible de la pièce du bas, où Hanae, la peau encore toute rosie par son bain, confortablement drapée d'un kimono de coton, feuilletait le numéro de décembre d'un magazine féminin bourré de publicités. Otani déplorait cette manie des mensuels de paraître avec plusieurs semaines d'avance, mais Hanae lui faisait à chaque fois remarquer que cette habitude n'était pas propre aux magazines féminins. De plus, Hanae adorait regarder les belles photos en couleur des décorations de fêtes de fin d'année, et elle commençait à réfléchir à ce que Tetsuo et elle pourraient faire pour le Nouvel An. Elle se dit qu'elle tenterait une nouvelle fois de le décider à se rendre dans un endroit ensoleillé, comme Miyazaki ou même Okinawa, mais abandonna à regret l'idée en raison du refus catégorique qu'opposait Otani à tout voyage à l'étranger. Elle avait l'air d'une vraie demeurée quand ses amies du cours de cuisine de l'YWCA évoquaient avec désinvolture leurs séjours à Honolulu et San Francisco, sans parler de Londres ou Paris.

Elle passa aux pages mode et songea encore une fois à acquérir une de ces machines à coudre miracles qui semblaient capables de faire à peu près n'importe quoi. Maintenant qu'ils étaient à l'abri de tout souci financier, ce serait un achat raisonnable, quoique d'un autre côté, n'ayant pas une vie très mondaine, elle pouvait parfaitement s'offrir les robes dont elle avait besoin les rares fois où ils sortaient.

Ses réflexions furent interrompues par la sonnerie du téléphone. Elle se leva en hâte, un peu surprise : il était encore bien tôt pour que ce soit Otani. Elle se l'était imaginé en train de boire avec ses amis, et avait souri à l'idée qu'il le regretterait le lendemain. Il aimait bien siroter son saké une fois rentré chez lui, mais n'était en aucun cas un gros buveur. Il fallut plusieurs secondes à Hanae pour réaliser que la voix bizarre qu'elle entendait n'était pas celle de son mari, mais celle de l'inspecteur Noguchi.

Hanae ne pouvait pas dire qu'elle aimait Noguchi. Il était venu deux ou trois fois à la maison, et, même si elle avait trouvé touchantes ses maladroites tentatives pour se montrer poli, elle avait toujours éprouvé une certaine appréhension devant son physique de taureau et la grossièreté qui transparaissait sous un léger vernis. Parmi les collaborateurs proches de son mari, c'est de loin Kimura qu'elle préférait, même si elle était parfaitement consciente que c'était le genre d'homme qui ne pouvait s'empêcher de flirter avec toutes les femmes qu'il côtoyait. Il s'était montré absolument charmant avec elle au café, et son cœur s'était même légèrement emballé quand il lui avait pris le bras, mais… bah, il n'y avait pas de quoi avoir honte.

Et voilà que c'était maintenant Noguchi qui, après s'être excusé de la déranger, marmonnait quelque chose à propos du commissaire parti à Tokyo. Hanae ne voyant vraiment pas ce que voulait Noguchi, elle l'assura de façon peut-être excessive qu'il ne la dérangeait pas du tout. Une personne normale aurait saisi aussitôt qu'elle était fort déroutée, mais Noguchi, loin de faire le moindre effort pour la mettre en confiance, se mit aussitôt à parler du netsuke. Elle n'avait jamais beaucoup fréquenté Noguchi, mais son caractère de cochon étant l'un des sujets de conversation favoris d'Otani, Hanae avait l'impression de bien le connaître. Et, bien que ce fût la première fois qu'elle l'avait au téléphone, elle sentit très vite qu'il était mal à l'aise. Et elle comprit aussi qu'elle devait absolument détourner la conversation de ce sujet.

— Un netsuke ? Je suis désolée, mais si c'est une question professionnelle, il serait préférable que vous en parliez directement à mon mari… Si c'est urgent, je peux lui laisser un message à son hôtel… Je pense qu'il y sera vers dix heures.

Le combiné grésilla contre son oreille tandis que Noguchi poursuivait son idée d'une voix bourrue. Hanae garda son calme et écouta attentivement. L'inspecteur paraissait en savoir beaucoup à propos de ce netsuke, dont il disait avoir parlé la veille avec Otani. Hanae se surprit à en éprouver un certain dépit : après tout, c'était un peu son netsuke à elle. Soudain, Noguchi lui demanda tout de go si Otani avait emporté l'objet avec lui à Tokyo, et d'après la façon dont il en parlait, il ne faisait aucun doute qu'il l'avait vu de près.

Elle lui répondit avec une inhabituelle acrimonie.

— Noguchi-chan, je vous répète que le travail de mon mari ne me concerne pas. Je ne vois pas du tout pourquoi vous semblez supposer qu'il a parlé de ce… netsuke avec moi, ni même pourquoi je devrais comprendre de quoi vous me parlez. Mon mari doit rentrer demain, et je suggère que vous lui en parliez à ce moment-là. Mais comme je vous l'ai dit, s'il s'agit de quelque chose d'urgent, je peux vous communiquer le numéro de son hôtel.

Il s'ensuivit un long silence, qui mit Hanae encore plus mal à l'aise que les questions de Noguchi. Enfin, après l'avoir sommairement saluée, l'inspecteur raccrocha, et Hanae retourna s'asseoir, repensant avec perplexité à toute la conversation. Noguchi avait fait allusion au netsuke comme une importante pièce à conviction, ce qui indiquait qu'il en savait long sur cette affaire. Mais ce qui intriguait Hanae, c'était l'étrange insistance de Noguchi à répéter que le netsuke ne devait pas, selon ses propres termes, « traîner n'importe où ». Il était d'ailleurs bizarre que Noguchi ait pu penser qu'Otani n'avait pas emporté le netsuke à Tokyo, puisque telle avait été son intention jusqu'à la dernière minute.

Elle regarda les deux morceaux de papier posés sur la table à côté de son magazine. L'un d'eux portait le mot grec ΚΛΣΙΟ, qu'elle avait recopié sur un livre que les gens de la Bibliothèque préfectorale avaient eu l'amabilité d'aller lui dénicher le jour même dans leur stock du sous-sol. Hanae n'étant pas une grande lectrice, il lui avait fallu un certain temps pour expliquer ce qu'elle cherchait à la jeune fille du comptoir des prêts. La jeune fille avait d'ailleurs commencé par secouer la tête d'un air dubitatif, et ce n'est que lorsqu'elle eut présenté Hanae à un mince jeune homme qui s'occupait d'un autre rayon qu'Hanae avait pu espérer voir couronner de succès sa recherche d'un ouvrage sur les muses grecques. Heureusement, le jeune homme en avait entendu parler, et il avait apporté à Hanae plusieurs volumes emplis d'illustrations de colonnes brisées et de statues à qui il manquait un ou deux bras, le nez et, souvent, la tête. Après s'être absenté un moment, le jeune homme était revenu avec une pile de guides touristiques, en expliquant à Hanae qu'ils avaient des tas d'ouvrages de ce genre, dans lesquels des professeurs japonais décrivaient savamment leurs voyages en Europe.

Le jeune bibliothécaire parut peu à peu se captiver pour le sujet, et il parcourut avec enthousiasme les tables des matières pendant qu'Hanae feuilletait les livres avec des yeux ronds. Les différents guides donnaient des renseignements détaillés sur les moyens de transport et les hôtels du pays, et Hanae s'arrêta avec intérêt à la description du menu qu'un des auteurs avait dégusté dans un endroit du nom d'Asenzu, qui, comme le lui rappela le jeune homme, était la capitale de la Grèce. Les feuilles de vigne farcies avaient l'air aussi appétissantes que les plus familières feuilles de chrysanthème, mais elle frissonna à l'évocation de l'agneau rôti au feu de bois, et referma le guide au moment même où le jeune homme, poussant une exclamation de triomphe, lui mettait sous les yeux, en désignant une liste de noms grecs, le livre qu'il était en train de consulter.

L'érudit auteur avait obligeamment transposé les noms

des muses en scriptes phonétiques japonaises, de sorte qu'Hanae apprit que l'inscription qu'elle avait relevée sur le netsuke, lequel, tout au long de sa visite à la bibliothèque, avait paru lui alourdir d'une tonne son sac à main, se prononçait *Kureio*[1], et que la dame ainsi nommée était la *myuzu, muse* ou déesse, de l'Histoire. Sur sa seconde feuille de papier, Hanae avait noté, en scriptes phonétiques, et surtout parce que le bibliothécaire semblait l'attendre d'elle, le nom des neuf muses. De retour à Rokko, elle avait replacé le netsuke dans la cachette où il resterait jusqu'à ce qu'on ait besoin de lui, cachette qu'Otani ne devinerait jamais, mais qu'il saurait infailliblement trouver dès la première indication d'Hanae. *Kureio*. Un nom étrange, mais pas désagréable à l'oreille. Hanae décida que c'était celui des neuf qui sonnait le mieux, quoiqu'elle ait un faible pour *Merupomini*[2], qui, elle ne savait pourquoi, lui fit une nouvelle fois songer à Hawaï.

Hanae retrouvait peu à peu son calme à la suite du coup de téléphone de Noguchi et commençait à attendre avec impatience l'appel qu'elle espérait lorsque, au moment précis où elle levait la tête vers la pendule murale, elle sursauta en entendant la sonnette de l'entrée. Il était vingt-et-une heures dix. Une heure indue pour une visite, à moins que ce ne soit le facteur qui lui apportait un pli spécial. En temps normal, malgré l'heure tardive, elle aurait fait coulisser en grand la porte d'entrée sans aucune crainte, mais, ce soir, peut-être en raison de l'étrange coup de téléphone de Noguchi, elle se sentit aussitôt nerveuse. L'inspecteur n'avait tout de même pas eu l'idée extravagante de venir en personne ? Et comment devait-elle réagir si c'était le cas ?

L'entrée dans laquelle les visiteurs se déchaussaient avant de pénétrer plus avant dans la maison était plongée dans l'obscurité et, avant d'allumer, Hanae jeta un coup d'œil à travers la porte, constituée de panneaux en verre

1. Clio.
2. Melpomène.

dépoli d'une dizaine de centimètres de largeur et sertis dans des montants en bois. Elle n'aperçut qu'une vague silhouette, mais qui ne correspondait pas du tout à celle de l'inspecteur Noguchi. Elle avait même tout l'air d'appartenir à une femme, ce qui ne rassura qu'à moitié Hanae.

— *Moshi-moshi ?* fit-elle d'une voix timide.

L'expression, sans être tout à fait l'équivalent de « qui est là ? », restait toutefois raisonnablement polie.

Ce fut effectivement une femme qui répondit, d'une voix éduquée et presque aussi hésitante que celle d'Hanae.

— Suis-je bien chez M. et Mme Otani ? Vous êtes peut-être Mme Otani ? Je suis désolée de vous déranger à cette heure-ci...

De derrière la porte toujours close, Hanae confirma qu'elle était bien Mme Otani, et attendit.

Les paroles qui suivirent étaient si rassurantes qu'Hanae ouvrit avant même que la femme ait fini d'exposer le motif de sa visite.

— ...et c'est pourquoi il est difficile pour une assistante sociale de voir les gens durant la journée. La responsable de l'association de quartier m'a dit que je trouverais dans votre rue des gens généreux qui s'intéresseraient certainement à ce que nous essayons de faire en faveur des handicapés coréens de Kobe...

La femme paraissait à peu près du même âge qu'Hanae, et elle avait une voix chaleureuse et persuasive. Elle était vêtue d'un manteau qui, sans être spécialement à la mode, était de bonne qualité, et tenait à la main un calepin dont les pages quadrillées contenaient, autant que put le voir Hanae, des listes de noms, suivis de la profession, de l'adresse et du montant de chaque don. Hanae sourit avec juste ce qu'il fallait de courtoisie, et écouta en opinant du chef la description détaillée des activités de la société d'Aide aux handicapés coréens. Tout cela était parfaitement banal et fort courant, jusqu'à la conclusion du boniment, comme quoi ladite société estimait qu'un don de deux mille yen constituerait une contribution honnête de la part de la famille Otani.

Hanae hocha une dernière fois la tête, s'excusa et alla chercher son porte-monnaie à la cuisine en laissant la femme dans l'entrée. On leur avait demandé et ils avaient donné une plus grosse somme pour les boat-people indochinois, moins pour les victimes du mal de Minamata. Ils étaient sollicités deux ou trois fois par an pour des campagnes de ce genre, et Hanae chercha avec philosophie deux billets de mille yen dans son porte-monnaie, tout en se disant que c'étaient toujours les gens les plus occupés, comme les travailleurs sociaux, qui trouvaient le temps de se consacrer à de telles causes. Cependant, si l'on en jugeait par la perfection de sa coupe, la femme debout dans l'entrée n'avait pas oublié de passer auparavant chez son coiffeur.

Hanae venait juste de trouver deux billets de mille et s'apprêtait à ouvrir un tiroir en quête d'une enveloppe où glisser l'argent – son éducation répugnait à la voir donner à quiconque, sauf aux commerçants, ce que sa mère appelait de « l'argent nu » – lorsque…

Les bras qui l'enserrèrent le firent d'abord de manière étonnamment douce, de sorte que durant une fraction de seconde, Hanae crut avec stupéfaction que l'inconnue voulait l'embrasser. Elle se débattit furieusement, mais la quêteuse de la société d'Aide aux handicapés coréens était beaucoup plus vigoureuse qu'elle, et Hanae fut incapable d'arracher le tampon qu'elle lui pressait avec fermeté sous les narines. Quelques secondes plus tard, Hanae gisait au sol, inconsciente. La femme se pencha sur elle, rabattit un pan du kimono sur une cuisse indécemment exposée, puis retourna à la porte d'entrée.

Chapitre 10

Le visage sombre, vêtu de son costume le plus discret, Kimura attendait près des portes en verre par où commençaient à sortir les passagers en provenance de Tokyo. La pendule du hall de l'aéroport Itami marquait sept heures quarante-cinq. Le temps semblait s'être accordé à l'humeur du policier : vers le nord, de gros nuages gris coiffaient les collines, et une courte averse était tombée lorsqu'une heure auparavant, aussitôt après qu'Otani lui eut confirmé par téléphone qu'il prendrait le premier avion pour Osaka, il avait quitté la préfecture dans la voiture officielle de son supérieur, avec Tomita au volant.

Bien qu'il fût habitué à passer des nuits blanches, Kimura était fatigué. La veille au soir, c'est sans enthousiasme qu'il avait quitté Trudi, secrétaire au consulat d'Allemagne, dont les cheveux dorés brillaient sur l'édredon de la paisible petite chambre de Kimura, mais le désagrément aurait été bien pis si Otani avait appelé une demi-heure auparavant. D'autant que, s'il devait en croire son expérience, il aurait été quasiment impossible de la réveiller pour une deuxième séance avant l'heure du petit déjeuner. Elle n'avait même pas ouvert l'œil lorsqu'il était revenu, vers cinq heures du matin, pour se raser et s'habiller convenablement, mais il en avait l'habitude : ce n'était pas la première fois qu'elle restait ainsi à la maison et qu'il lui laissait le soin de fermer en partant.

En montant dans le taxi la veille au soir pour se rendre chez Otani, il avait trouvé la mission dont il était chargé quelque peu insensée, et il avait passé le quart d'heure qu'avait duré le trajet entre son appartement d'Ashiya et la maison de l'inspecteur à Rokko à se demander ce qu'il allait bien pouvoir dire à une Mme Otani tirée du lit au milieu de la nuit. Mais lorsque, après avoir franchi la haute barrière en bois, il eut gagné la porte de la maison et constaté qu'elle s'ouvrait d'une simple pression des doigts, il comprit que quelque chose n'allait pas. Le fait aurait été parfaitement normal durant la journée, mais pas en pleine nuit, surtout en l'absence du chef de la maisonnée.

Appeler Otani à son hôtel de Tokyo depuis sa propre maison avait été une expérience aussi étrange que douloureuse, bien que, à part une brusque et brève inspiration d'air entre les dents, Otani n'ait rien laissé transparaître de ses sentiments en apprenant que Kimura n'avait trouvé aucune trace d'Hanae et que, sans avoir constaté de désordre particulier, il lui semblait bien que la maison avait été méthodiquement fouillée. Depuis, l'esprit de Kimura était en effervescence, et il n'osait imaginer les pensées qui agitaient l'homme au visage hagard qui venait de franchir les portes du terminal de l'aéroport.

Kimura s'inclina en silence en croisant son regard, puis pivota pour rattraper Otani qui, sans desserrer les dents, n'avait pas ralenti son allure. Kimura lui indiqua d'un geste la direction de la voiture. Tomita en descendit d'un bond et ouvrit la portière devant Otani, qui se laissa tomber lourdement sur la banquette arrière. Après un instant d'hésitation, voyant qu'Otani n'avait pas l'intention de se pousser pour lui laisser place, Kimura ouvrit la portière avant et s'assit à côté de Tomita, qui lui jeta un regard stupéfait avant de fixer le rétroviseur dans l'attente de directives. Ils restèrent ainsi un moment jusqu'à ce que Kimura rompe l'étrange silence qui s'était installé.

— Nous allons à Rokko, monsieur ?

Otani eut un hochement de tête à peine perceptible que Kimura interpréta comme une réponse affirmative.

— Rokko, murmura-t-il à Tomita.

A cette heure matinale, la circulation était encore fluide, et ils arrivèrent rapidement à la maison, devant laquelle un policier se tenait déjà en faction. Kimura fut le seul à répondre à son impeccable salut, tandis qu'Otani se précipitait à l'intérieur en envoyant balader ses chaussures dans l'entrée. C'est alors que, s'engageant dans l'escalier qui menait à l'étage, il prononça ses premiers mots depuis son arrivée à l'aéroport :

— Attendez-moi ici.

Kimura avait l'habitude d'entendre Otani lui aboyer des ordres, lui envoyer de méchantes piques, et même parfois le réprimander sans ménagement, de sorte qu'il ne fut pas choqué par la rudesse du ton. Ce qui le troubla, c'est l'infinie douleur qu'il perçut dans la voix d'Otani.

Au bout d'un quart d'heure environ, Otani redescendit lentement les marches, avant de disparaître à nouveau en direction de la cuisine et de la salle de bains. Enfin, il apparut à la porte du salon et regarda Kimura d'un air abattu.

— Venez par ici, marmonna-t-il de la même voix éteinte.

Kimura ôta en hâte ses chaussures et posa le pied sur les tatamis. Il découvrit un Otani effondré, une épaule appuyée contre le mur de plâtre ocre. Il resta debout jusqu'à ce qu'Otani lui fasse signe de s'asseoir.

— Vous aviez raison, dit-il. Tout a été fouillé, mais avec grand soin.

— Vous a-t-on pris quelque chose ?

Kimura aurait voulu se mordre la langue en voyant s'enflammer le regard d'Otani.

— On m'a pris ma femme, triple imbécile ! hurla celui-ci en se redressant, le corps plein de frissons.

Kimura se figea, l'air penaud, et, au bout d'un moment, Otani lui présenta ses excuses.

— Désolé, Kimura. Je suis sur les nerfs. Racontez-moi ce qui s'est passé depuis que vous êtes venu ici.

Comme cela se passait si souvent dans leur travail, Otani écouta attentivement le rapport de Kimura, mais celui-ci éprouva une gêne aiguë devant la douleur et l'anxiété qui se peignaient sur le visage d'Otani au fur et à mesure de son récit. Il avait pourtant peu de chose à raconter, et il ne lui fallut que quelques minutes pour résumer ses recherches d'un éventuel témoin ayant remarqué quelque chose de bizarre aux alentours de la maison la veille au soir. Il ne cacha pas à son supérieur qu'il avait déjà demandé aux cliniques et hôpitaux des environs s'ils avaient admis, suite à un accident, une femme correspondant à la description qu'il leur avait faite de Mme Otani, mais, vu l'expression qu'il lut alors sur le visage du commissaire, il jugea préférable de ne pas lui demander pour l'instant s'il désirait qu'on lancât un avis de recherche à grande échelle, avec toute la publicité qu'entraînerait immanquablement une telle démarche.

Lorsque Kimura eut terminé, Otani ferma les yeux et se massa un moment les paupières, puis releva la tête et le regarda.

— Hier. Pendant que j'étais à Tokyo, le commissaire principal Nitta, de l'APN, a téléphoné. Qui a pris l'appel ?

La question surprit Kimura et il s'efforça de se remémorer le déroulement de la journée précédente, qui paraissait s'être évanouie dans un lointain passé.

— Euh… oui, c'est exact. Il y a eu un coup de téléphone, mais j'avais compris que c'était un appel de quelqu'un du Bureau des enquêtes criminelles, pas de Nitta lui-même. J'étais en train de parler avec Noguchi dans mon bureau. J'étais de permanence hier. Le type de l'Agence voulait avoir des précisions sur l'inventaire des pièces à conviction liées à l'affaire Ventura. Je lui ai lu la liste, sans bien comprendre à vrai dire en quoi ça les concernait : après tout, ils n'ont pas demandé à être chargés de l'enquête quand nous leur avons envoyé notre rapport préliminaire.

— Ont-ils demandé des précisions sur certaines pièces en particulier ?

Kimura aspira longuement en fronçant les sourcils d'un air absorbé.

— Non, finit-il par dire. En tout cas pas à moi. La conversation se terminait et j'étais sur le point de raccrocher quand Ninja m'a dit qu'il voulait leur parler. Je lui ai donc passé le téléphone, et à ce moment on m'a appelé d'urgence et je l'ai laissé. Il ne m'a rien dit de plus par la suite… mais nous pourrons le lui demander, si c'est important.

Otani secoua la tête, puis se remit péniblement debout.

— Allons au bureau, dit-il d'une voix calme.

Ils remirent leurs chaussures en silence et, une fois dehors, Otani verrouilla la porte à l'aide d'une clé du trousseau qu'il sortit de sa poche. Cette fois, Otani invita d'un geste Kimura à monter derrière avec lui, mais ne prononça pas un mot durant le trajet. Ils entrèrent dans Kobe, où leur chauffeur les déposa devant la Préfecture. Ce ne fut que dans l'escalier qui menait à son bureau qu'Otani se décida à parler.

— J'enverrai quelqu'un vous chercher un peu plus tard, fit-il.

Otani resta un long moment prostré dans son fauteuil à envisager l'impossible. Noguchi. Ça ne pouvait être que Noguchi. Ça ne *pouvait pas* être Noguchi, et pourtant, c'était *forcément* Noguchi. Il baissa à nouveau les yeux sur le dossier ouvert devant lui. Pour autant qu'il s'en souvienne, c'était la première fois qu'il prenait la peine de consulter le dossier personnel de l'inspecteur Noguchi. Son subordonné avait toujours donné l'impression de se désintéresser de détails aussi insignifiants que salaire, promotion ou avantages. Il ne semblait manifester d'intérêt qu'envers le milieu trouble dans lequel il évoluait depuis de si nombreuses années, à l'image des *ninja*, ramassis d'espions et d'assassins qui travaillaient autrefois pour le compte des barons féodaux, et à qui Noguchi devait son surnom. Otani éprouva un sentiment étrange devant la froide objectivité de la courte biographie figurant au début du dossier qu'il avait sous les yeux. Etrange en effet le fait d'apprendre qu'il était né de parents paysans, dans la préfecture septentrionale d'Aomori, grande région productrice de pommes, où il avait suivi l'école primaire et même entamé des études avant d'être happé dans le tourbillon de la guerre.

Otani avait toujours supposé que, plus âgé que lui de plusieurs années, Noguchi avait servi dans les forces armées. Otani constituait cependant dans ce domaine un cas à part, car il était toujours prêt à raconter son service dans la marine, alors que Noguchi, comme la plupart des Japonais de sa génération, paraissait avoir effacé la guerre de sa mémoire, et en tout cas n'abordait jamais le sujet. Aujourd'hui, Otani voyait confirmer ce qu'il avait toujours supposé, puisqu'une phrase d'une pâle encre bleue précisait : « A servi dans l'Armée impériale de la seizième à la vingtième année de l'ère Showa. » Qui aurait pensé à cette époque que le vieil empereur serait encore sur le trône quelque quarante ans plus tard ? Police militaire : détaché auprès des services de sécurité, Etat-major impérial, Tokyo ; ensuite au quartier général à Hongkong et enfin aux Philippines. Il devait être un officier de valeur… les hommes qui n'étaient pas passés par l'Académie militaire étaient rarement promus, et pourtant il était prévôt avec grade de capitaine quand les Américains l'avaient capturé. Plus tard, après son rapatriement, il avait été l'un des très rares, tel Otani lui-même, à être rattachés à la toute nouvelle Réserve de police civile dans les tout premiers jours de l'occupation américaine au Japon.

Or cet homme, ce vieil ami et intime collaborateur depuis plus de dix ans, était la seule personne, en dehors d'Hanae et du conservateur du musée, ayant vu de ses yeux le fameux netsuke. Il avait d'ailleurs réagi d'une manière étonnante en le voyant, tout comme lorsque Otani avait mentionné devant lui le nom de Yago. Noguchi, sachant qu'il serait à Tokyo la nuit dernière et qu'Hanae serait seule à la maison, avait très bien pu supposer qu'Otani laisserait le netsuke chez lui. De quelque côté qu'il se tournât, Otani tombait sur Noguchi.

Il n'avait jamais eu la naïveté de penser que les hauts officiers de la police étaient à l'abri de la corruption, et savait d'ailleurs très bien à quoi s'en tenir à l'égard de certains de ses subordonnés. Quand, lors de ses conférences devant les stagiaires de l'école régionale de formation, il abordait les problèmes éthiques, il lui était parfois difficile de garder sa légendaire impassibilité lorsqu'il commentait le passage du manuel d'instruction exhortant les jeunes policiers à éviter les relations sexuelles pré ou extra-conjugales avec de jeunes civiles reconnaissantes, et de refuser tout cadeau, même modeste, de leur part. Otani était bien trop conscient de la rigidité du tissu social nippon pour croire que les policiers puissent se soustraire complètement aux occasions et tentations que, par réaction naturelle de compensation, il ne cessait de créer.

Le travail de Noguchi consistant à surveiller le crime organisé sous toutes ses formes, il entretenait beaucoup plus de relations avec des gangsters de tout acabit qu'avec de respectables citoyens. Son objectif principal était le contrôle du trafic de drogue, mais celui-ci ne constituait qu'une partie de la vaste entreprise de commercialisation du vice et d'exploitation de la vulnérabilité contre laquelle il luttait, et Noguchi n'ignorait que bien peu de chose quant aux autres activités des gangs, y compris dans cette zone trouble où les profits illicites se refont une virginité en se fondant dans la légalité.

Pour tenter d'oublier l'angoisse suscitée par la disparition d'Hanae, Otani s'obligea à se remémorer les succès de Noguchi depuis qu'il était à la tête de la section des Stupéfiants de la préfecture de Hyogo. En dehors du fait que la police de Hyogo pouvait s'enorgueillir de jolis résultats par rapport à d'autres polices préfectorales d'importance similaire, il avait réussi quelques coups retentissants, dont de spectaculaires coups de filet ayant permis l'arrestation de nombreux gangsters. C'est d'ailleurs pendant son procès que l'un d'entre eux avait comparé pour la première fois à celle d'un ninja l'intervention surprise de Noguchi dans le versement d'une colossale somme d'argent entre deux bandes. Depuis, le surnom lui était resté. Il est vrai qu'il n'avait jamais arrêté un seul gros bonnet, mais aucun policier dans le pays n'y était jamais parvenu et n'y parviendrait jamais. Les grands patrons des principales bandes autour desquelles gravitait le menu fretin prenaient grand soin de maintenir leurs activités dans un cadre scrupuleusement légal, mettant en place à tous les niveaux des « fusibles » aisément sacrifiables qui rendaient virtuellement impossible l'aboutissement d'une inculpation. De plus, le code pénal japonais est quasiment muet sur le chapitre de la conspiration, à part dans le cas de fomentation d'émeutes, qui sont bien la dernière chose à laquelle les chefs yakuza songeraient.

Ceux-ci, au contraire, sont des gens extrêmement conservateurs, ayant avant tout intérêt au calme social le plus absolu et à une prospérité économique soutenue, seuls capables de leur procurer les vastes bénéfices auxquels ils sont habitués. Ils se mêlent fréquemment de politique, presque toujours au bénéfice des franges extrêmes de la droite, créent des partis aux noms tapageurs comme la Grande Ligue impériale patriotique ou l'Alliance anti-soviétique pour l'amour de la patrie, ou bien patronnent des rassemblements d'anciens combattants où l'on entonne les chants du bon vieux temps entre deux discours enflammés. Ce n'est un secret pour personne qu'une bonne partie de leur argent atterrit dans les poches des ténors de la droite traditionnelle, et c'est peut-être pour cette raison que les collègues d'Otani à Tokyo manifestaient un tel intérêt dans la petite figurine en ivoire découverte par Hanae, même si elle ne valait certainement pas plus de quelques millions de yen auprès des collectionneurs, et finirait selon toute probabilité par être décrétée Trésor national.

Otani se leva et, d'un air las, alla vers la fenêtre. Le vent soufflant par rafales projetait les gouttes de pluie contre le carreau. Le ciel était couleur de plomb et il frissonna malgré la température confortable qui régnait dans le bureau. Noguchi avait-il joué un rôle dans l'assassinat de la Philippine ? Mais pourquoi donc, au nom du Ciel ? Il n'avait jamais paru intéressé par l'argent et ne dépensait rien, sauf pour la nourriture et la boisson, qui devaient d'ailleurs lui coûter bien peu dans les bouis-bouis qu'il fréquentait avec assiduité. Du chantage ? Impossible que Noguchi puisse y prêter le flanc. Et pourtant il devait bien y avoir un rapport entre la Philippine, le netsuke et le dénommé Yago. Et ce rapport impliquait d'une manière ou d'une autre Noguchi.

Otani réalisa soudain qu'une cigarette se consumait entre ses doigts sans qu'il se souvienne de l'avoir allumée. Il retourna auprès de son bureau et l'écrasa dans le cendrier, dans lequel il fut stupéfait de compter une dizaine de mégots alors qu'il était certainement vide quand il était arrivé, à savoir... – il consulta sa montre – ...moins d'une heure et demie auparavant. Il entendit frapper doucement à la porte mais n'y prêta pas attention. On frappa à nouveau, puis la poignée tourna. La porte s'entrouvrit et Kimura pointa timidement la tête. Comme Otani ne disait rien, il entra, laissant la porte ouverte derrière lui.

— Monsieur, vous devriez vous reposer.

Kimura s'était rarement montré aussi attentionné. Mais il avait raison. Il se doutait que la pâleur maladive qui marquait le visage d'Otani était due pour une bonne part au pur et simple épuisement physique. Il était pourtant hors de question qu'Otani puisse trouver le sommeil. Hanae avait presque certainement été enlevée, et les atroces images qui se succédaient dans son esprit quant à son sort éclipsaient pour l'instant toute possibilité de réflexion sur le pourquoi de cet enlèvement. Même au cours de la rapide inspection à laquelle il s'était livré dans la maison de Rokko, il lui avait paru évident que ceux qui l'avaient fouillée étaient à la recherche du netsuke, et que, selon toute probabilité, ils l'avaient trouvé. Mais au-delà de ça, son cerveau s'emballait dans toutes les directions.

— Vous comprenez bien que je ne peux pas retourner à Rokko, n'est-ce pas, Kimura ? (Otani parlait d'une voix songeuse, et comme s'il était intéressé d'un point de vue purement intellectuel par ce qu'il disait.) Pas sans ma femme.

Kimura réfléchit rapidement.

— Je vais vous emmener chez votre fille, proposa-t-il. Elle s'occupera de vous.

Otani se mit à secouer la tête, mais une douleur aiguë dans le cou l'interrompit avec une grimace de souffrance. Il chancela et se retint d'une main au bureau tandis que Kimura se précipitait, l'air inquiet.

— Je ne voudrais pas les embêter, marmonna vaguement Otani.

Mais il n'opposa aucune résistance quand Kimura le fit sortir du bureau avant de l'accompagner jusqu'à sa voiture.

Chapitre 11

Quand elle revint à elle, Hanae crut un instant qu'elle était allongée sur les tatamis de la chambre du haut dans sa maison de Rokko. Les draps étaient propres et frais, et son kimono de coton la drapait de la manière impeccable dont s'émerveillait toujours Otani. Mais elle sentit aussitôt que sa salive avait un fort goût métallique et, se souvenant d'un seul coup des bras qui l'avaient immobilisée et de l'odeur écœurante du tampon qu'on lui avait appliqué sous le nez, elle faillit vomir.

La chambre dans laquelle elle se trouvait était plongée dans l'obscurité, et elle resta parfaitement immobile jusqu'à ce qu'elle distingue l'encadrement d'une fenêtre et, lui sembla-t-il, le panneau coulissant d'un *fusuma* au fond de la pièce. Hanae explora à tâtons l'espace de chaque côté de sa tête, en quête d'une lampe de chevet, mais ses doigts ne rencontrèrent que le tatami. Elle réalisa brusquement qu'une folle terreur bourgeonnait en elle, prête à la submerger d'une minute à l'autre. Mais la première chose à faire pour l'instant était de calmer les haut-le-cœur qui lui retournaient l'estomac.

Réprimant de violents renvois, Hanae se traîna jusqu'à la porte coulissante qu'elle parvint à ouvrir. Malgré la pénombre qui régnait aussi de l'autre côté, Hanae constata qu'elle se trouvait dans un petit appartement, de sorte qu'elle put gagner rapidement les toilettes, où elle vomit avec un tel soulagement qu'elle en oublia un instant sa terreur. Ensuite elle se hissa péniblement debout et appuya sur un interrupteur. Impeccablement propre, le carrelage du petit cabinet de style japonais était moucheté de jaune et de bleu comme un œuf d'oiseau exotique. Hanae déroula une longueur de papier pour s'essuyer les lèvres, puis passa dans la salle de bains adjacente, où elle se rinça la bouche dans le lavabo.

Malgré sa faiblesse et les nausées qui lui soulevaient le cœur, elle parvenait peu à peu à reprendre le dessus lorsque l'angoisse explosa en elle. S'agrippant au rebord du lavabo, elle contempla son reflet dans le miroir et vit une femme que la peur avait vieillie d'un coup de plusieurs années. Son visage habituellement paisible et resplendissant était pâle et amaigri, et des mèches de cheveux humides lui collaient au front et aux joues. De sombres cernes lui soulignaient les yeux. Sa bouche était mince et ses lèvres crispées.

Les larmes lui inondèrent les joues, et elle se laissa glisser à terre, où elle resta un long moment à sangloter, éperdue. Pourtant, elle sentit bientôt renaître en elle une force vacillante, et le désir aveugle et obsédant qu'elle avait ressenti jusqu'alors de tout oublier pour se blottir dans les bras de son mari commença à perdre son emprise. Elle fut quelque peu déconcertée de voir surgir à travers ses larmes un souvenir de son enfance. La scène se passait à Tokyo, pendant la guerre. Elle avait alors huit ans et se tenait sans bouger, agenouillée devant son père, dans l'austère pièce de réception de la maison familiale. Ses jambes lui faisaient mal, mais, ayant appris depuis l'âge de quatre ans à se tenir absolument immobile en présence d'un homme adulte, surtout du chef de famille, il ne lui serait jamais venu à l'idée d'esquisser le moindre geste pour soulager sa douleur. Malgré la netteté du souvenir, bien qu'elle revît, presque physiquement, la fillette qu'elle était alors, qu'elle se souvînt parfaitement des rayures mauve et noires du kimono qu'elle portait en cette occasion, elle était incapable de se rappeler si sa mère se trouvait elle aussi dans la pièce au moment où les accents solennels de l'hymne national enflèrent par vagues au milieu des craquements du monumental poste de radio, devant lequel on avait placé la photographie barrée de crêpe noir de son frère aîné, sanglé dans son uniforme et fixant l'objectif d'un air martial.

En pénétrant dans la pièce, elle avait remarqué aussitôt qu'on avait placé devant la photo une petite soucoupe de bois laqué contenant l'un sur l'autre deux petits gâteaux de riz et une mandarine séchée à la peau toute ridée. Des deux petits bols de cuivre disposés de chaque côté s'élevaient dans l'air chaud et sec des volutes d'encens. On venait de lui annoncer que l'Empereur allait s'adresser pour la toute première fois à ses sujets, et elle s'attendait à entendre une voix merveilleuse ressemblant à l'instrument qu'elle avait entendu sur le gramophone de son frère, et dont sa mère lui avait dit qu'il s'agissait d'un orgue. Le poste de radio craqueta, un homme parla, puis un autre. Elle ne saisit que quelques mots d'un langage qui lui parut étrangement désuet, puis attendit impatiemment le discours de l'Empereur, dont on lisait chaque matin à l'école le précieux et sacré rescrit sur l'éducation, avant que toute la classe ne s'incline en direction du Palais impérial.

L'hymne national résonna une seconde fois, et la petite Hanae, imitant son père, se courba avec respect. A présent on allait sûrement entendre la voix harmonieuse de l'Empereur. Or elle vit son père se relever, les traits soucieux, et lui faire signe d'en faire autant. Prostrée sur le sol de la salle de bains, Hanae s'entendit encore demander quand l'Empereur allait parler, avant que des larmes brûlantes ne lui inondent le visage quand son père lui expliqua d'une voix douce que Sa Majesté venait de prononcer son discours, que la guerre était finie, qu'ils n'auraient plus à craindre ni les bombes ni les incendies terrifiants qui, à plusieurs reprises, étaient arrivés si près de la maison, et que l'esprit de grand frère allait pouvoir désormais reposer en paix.

Le souvenir de cette journée en ranima d'autres, mais Hanae les chassa bien vite pour se relever et se livrer à une toilette générale. Elle trouva du savon, une serviette, et même un peigne dans la petite armoire suspendue, qui, à part lui, ne contenait qu'un demi-flacon d'un coûteux shampoing d'importation. Au moins, songea-t-elle sombrement, elle affronterait son sort avec des cheveux propres, même si elle aurait préféré trouver une brosse à dents et du dentifrice.

Bien qu'elle eût encore l'estomac pesant, Hanae, revigorée par sa toilette, sentait qu'elle ne vomirait plus. Elle se mit à explorer l'appartement. A part la disposition biscornue des pièces qui lui indiqua qu'il n'était pas situé dans un immeuble récent, elle n'avait aucune idée d'où elle se trouvait. La salle de bains, dépourvue de fenêtre, était aérée par un ventilateur qui se mettait en marche quand on allumait. Elle visita la cuisine, sommaire mais pourvue d'un évier moderne. La pièce comportait une fenêtre, mais il faisait si sombre à l'extérieur qu'Hanae ne distingua ni lumière ni même aucune silhouette de toit.

Un réveil posé sur le réfrigérateur indiquait quatre heures quarante-cinq, et Hanae éteignit la lumière pour essayer de mieux voir dehors. Tandis qu'elle clignait des yeux pour s'habituer à l'obscurité, elle entendit soudain toussoter derrière elle. Son cœur bondit dans sa poitrine et elle se retourna d'un bloc, dos à l'évier, submergée d'effroi en sentant la présence de quelqu'un dans la pièce.

— Je suis heureux de constater que vous allez mieux, fit une voix grave dans laquelle elle perçut une certaine éducation.

L'homme continua à lui parler avec la plus grande politesse, même si, pendant un moment, les violents battements de son cœur et le sifflement oppressé de sa respiration empêchèrent Hanae de saisir le sens de ses paroles.

— Nous aurions pu barricader cet appartement, poursuivit la voix, afin de persuader madame qu'il est tout à fait impossible de s'en échapper, et nous avons été tentés de l'enfermer seule quelques jours afin qu'elle ait tout le temps de réfléchir, mais nous avons fini par opter pour la surveillance directe, à la fois plus simple et plus efficace.

La silhouette s'approcha, et Hanae se raidit lorsqu'une main lui agrippa le bras. Elle s'aperçut alors que l'homme avait la tête recouverte d'une sorte de cagoule qui le rendait encore plus effrayant.

— Venez, madame. Allons nous asseoir au salon. Nous y serons plus à l'aise pour converser.

Il tira sur son bras d'un geste brutal qui l'arracha presque à l'évier, puis, se déplaçant sans hésitation dans l'obscurité, l'emmena hors de la cuisine en passant devant la porte de la chambre où elle s'était réveillée.

Le reste de l'appartement lui parut meublé à l'occidentale, car elle sentit ses pieds fouler le poil d'un tapis tandis que, terrifiée, elle se laissait tirer sans résistance. Soudain, l'homme se retourna et la poussa violemment en arrière. Ses genoux vacillèrent et, avec un hoquet de larmes, elle s'effondra dans un fauteuil.

— Je m'excuse de mon impolitesse. J'ai tendance à me montrer très discourtois ces jours-ci.

Hanae ouvrit la bouche pour parler. Tout d'abord aucun son n'en sortit, puis elle s'entendit, avec un curieux détachement, pousser un long hurlement entrecoupé de violents sanglots auxquels se mêla bientôt une douleur cuisante au visage tandis qu'Hanae réalisait que l'homme la giflait sauvagement.

— Silence ! Taisez-vous ! fit-il d'une voix épaisse que la colère rendait menaçante.

Hanae se rencogna peureusement dans son fauteuil, geignant de douleur et d'effroi.

— Si vous recommencez à crier de la sorte, vous serez bâillonnée, et je vous assure que ce sera très désagréable pour vous.

La silhouette noire de l'homme penché sur elle semblait appartenir à un cauchemar, mais Hanae distingua, mêlée à l'odeur âcre de transpiration masculine, un léger parfum d'eau de Cologne qui ne lui était pas inconnue, bien que son mari n'en utilisât jamais. L'homme encagoulé resta un instant immobile, puis, voyant qu'Hanae se tenait tranquille, alla relever des stores qui découvrirent des écrans de *shôji* semblables à ceux qu'elle avait chez elle. Le jour n'était pas encore levé, mais assez de lumière pénétrait dans la pièce pour qu'Hanae pût y découvrir un sofa et un autre fauteuil à côté de celui où elle se trouvait.

Son ravisseur n'alluma pas de lampe et, après un instant d'hésitation, s'assit dans le second fauteuil.

— Plus tôt nous en aurons fini, madame, et plus vite vous serez libre, fit-il en revenant à ses bonnes manières. Je veux juste savoir où il se trouve. Vous resterez naturellement ici jusqu'à ce que je l'aie récupéré, mais ensuite nous n'aurons plus aucune raison de vous retenir, et vous pourrez rentrer chez vous.

Il s'interrompit, Hanae releva la tête et se redressa vivement en s'apercevant que son yukata bâillait jusqu'à sa taille. Sa pudeur outragée lui fit reprendre aussitôt tous ses esprits, et elle se hâta de se couvrir. Sa voix était certes loin d'être raffermie, mais au moins était-elle capable de parler.

— Qui êtes-vous et que me voulez-vous ? Je ne comprends absolument pas de quoi vous voulez parler, commença-t-elle.

Mais elle fut aussitôt reprise par les larmes, et, furieuse de cette démonstration de faiblesse, s'essuya les yeux avec la manche de son yukata, renifla et fixa l'inconnu d'un air de défi.

— Je veux savoir où se trouve le netsuke, chère madame Otani. J'espère que vous n'allez pas me faire perdre patience en prétendant ne rien savoir. J'ai dans ma poche le morceau de papier sur lequel vous avez noté le nom des neuf muses, et je sais avec certitude que vous en avez parlé avec votre mari.

Une terrible conviction commença à se former dans l'esprit d'Hanae. Le son étrange de cette voix, son timbre rauque et épais : elle était si forcée et peu naturelle qu'on cherchait de toute évidence à la maquiller. La dernière fois qu'un autre homme qu'Otani l'avait touchée était quand ce play-boy lui avait pris le coude pour l'accompagner jusqu'au café. Et c'est alors qu'elle avait senti cette eau de Cologne dont elle avait failli lui demander le nom.

Elle écarquilla les yeux pour essayer de mieux distinguer la silhouette élancée qui se mouvait dans la pénombre, et eut l'impression que le parfum lui chatouillait à nouveau les narines.

— Ki... Kimura... eut-elle le temps de murmurer avant de sombrer une seconde fois dans l'inconscience en moins de huit heures.

Chapitre 12

— Tu comprends, il se peut qu'il y ait un message, insista Otani.

Son gendre Akira Shimizu s'appuya au dossier de son fauteuil et le considéra en silence pendant qu'Akiko parlait à voix basse à leur tout jeune fils, dans la chambre à coucher qui ouvrait sur le salon à l'occidentale de leur petit appartement encombré. On aurait dit que le garçonnet avait compris qu'il se passait quelque chose de grave, car il s'était soumis à la routine du dîner et du coucher en n'accordant qu'un regard dédaigneux au grand-père qui, ce soir-là, lui avait ravi l'attention générale.

— C'est au moins la dixième fois que vous le dites, rétorqua Shimizu d'un ton patient. Et je vous répète que si on vous appelle, ce sera soit chez vous à Rokko, soit à votre bureau. Je comprends bien que vous préférez ne pas rester seul à Rokko et que vous ne vouliez pas nous demander de nous y installer. Mais l'inspecteur Kimura a ordonné qu'un agent y reste nuit et jour, et il y a toujours quelqu'un pour prendre un message à votre bureau. Tant que vos hommes savent où vous joindre, où est le problème ? Restez au moins dormir ici. Vous avez l'air au bout du rouleau.

— Je te remercie, fit Otani avec un pâle sourire.

Il était assis dans le second fauteuil de la petite pièce, un coussin derrière la nuque, les pieds reposant sur un autre coussin posé sur un tabouret bas habituellement réservé à son petit-fils Kazuo, qui le surveillait avec jalousie. L'esprit embrumé par la fatigue et l'inquiétude quant au sort d'Hanae, Otani sentait que ses capacités physiques et intellectuelles étaient au plus bas, et la seule chose qu'il désirait était que le tiède engourdissement qu'il ressentait dans les jambes gagne son crâne et lui procure un oubli bienfaisant.

Il avait une fois encore pu constater, non sans curiosité, la facilité avec laquelle Shimizu arrivait à lui soutirer des informations confidentielles, tout en s'étonnant une fois encore de sentir à quel point il faisait spontanément confiance à ce jeune et astucieux homme d'affaires qui, une douzaine d'années plus tôt, avait été le cerveau des émeutes étudiantes de Kobe, et qu'il s'était lui-même épuisé à interroger durant des heures entre deux batailles rangées, menées d'un côté avec gaz lacrymogène et canons à eau, de l'autre avec gourdins et cocktails Molotov. Si quelqu'un lui avait prédit à cette époque que sa fille épouserait ce garçon brillant mais fanatique, et qu'il finirait même, avec le temps, par lui avouer ses doutes, Otani aurait sans nul doute été secoué par un de ses rares fous rires.

Quant à sa fille Akiko, elle n'avait pas perdu de temps après avoir découvert son père hagard à la porte de leur appartement au milieu de l'après-midi, le visage défait, et entendu l'inspecteur Kimura lui expliquer à mi-voix que Mme Otani avait disparu et que le commissaire n'avait pas dormi depuis la veille. Au cours des heures suivantes, elle l'avait convaincu de manger et de prendre un bain, s'entendant même avec stupéfaction lui proposer de le laver, chose qu'elle avait, comme toutes les jeunes Japonaises, souvent faite par le passé, mais que, obéissant aux récents principes de libération, elle s'était toujours interdit de proposer à son propre mari, qui l'aurait d'ailleurs, toujours selon ces mêmes principes, refusé. Otani, après avoir haussé un sourcil de surprise, avait lui aussi refusé d'un hochement de tête.

Depuis que Shimizu était rentré, Otani avait même retrouvé la parole, même si au début il s'était contenté de fermer les yeux et de secouer la tête quand les jeunes gens l'avaient pressé de questions pour connaître le motif de la disparition d'Hanae. Il avait fallu à Shimizu plus d'une heure de questionnements aussi patients qu'indirects pour lui extorquer une partie infime de l'histoire du netsuke, sans toutefois parvenir à apprendre la façon dont ses beaux-parents étaient entrés en sa possession.

— Non, je vous assure, vous n'avez pas l'air du tout en forme, fit Shimizu qui détourna son regard d'Otani en entendant retentir la sonnette d'entrée.

Akiko émergea presque aussitôt de la chambre.

— Ça doit être l'inspecteur Kimura, fit-elle en ôtant prestement son tablier. Il avait dit qu'il repasserait vers huit heures.

Shimizu se leva tandis qu'Akiko allait ouvrir. C'était en effet Kimura. Otani marmonna les présentations depuis les profondeurs de son fauteuil pendant que Shimizu et Kimura se saluaient en s'inclinant l'un devant l'autre, puis Akiko fit entrer l'inspecteur.

Lorsque tout le monde fut assis, Otani se redressa sur son siège et prit la parole d'une voix hésitante.

— J'avais l'intention depuis longtemps de vous faire vous rencontrer, dit-il à l'adresse des deux hommes. Je regrette que cela se fasse dans de telles circonstances. Merci d'être revenu, Kimura. Je vous demanderai de me conduire à la Préfecture dès que j'aurai passé des vêtements décents. Je pense que je vais dormir ici pendant quelques jours.

Kimura ouvrit la bouche pour dire quelque chose, mais il croisa le regard de Shimizu et se contenta de hausser les épaules.

— Comme vous voulez, monsieur, dit-il.

— Mais nous avons un moment, reprit Otani. Racontez-nous d'abord ce que vous avez appris.

Sur ce il ferma les yeux, et c'est Shimizu qui dut expliquer à Kimura que, depuis que cette affaire avait empiété sur la vie de la famille, son beau-père les avait mis, jusqu'à un certain point, dans la confidence.

Kimura ne parut pas convaincu mais, en l'absence de réaction de la part d'Otani, se résolut à faire son rapport, auquel il procéda en termes voilés. C'est d'ailleurs une coutume très japonaise de convoquer un conseil de famille pour débattre d'un problème important ; mais lorsque ce problème implique des questions policières de nature sensible, cela complique singulièrement les choses.

— Eh bien, voilà, monsieur... fit-il en s'adressant aux yeux clos d'Otani tandis qu'Akiko lui apportait une tasse de thé vert et un gâteau à la pâte de haricot dont il la remercia d'un sourire ravageur. Pour tout dire, je me demande s'il ne serait pas préférable d'examiner les détails de cette affaire en présence de l'inspecteur Noguchi...

Otani ouvrit un œil.

— Je tiens à entendre votre rapport maintenant, lâcha-t-il d'un ton sec.

Kimura hésita encore quelques secondes, puis se jeta à l'eau.

— Bien. Entendu, commissaire. Suivant vos instructions, j'ai adressé un message confidentiel à tous les bureaux et postes de police de toutes les sections et divisions de Kobe et de ses environs. Nous avons reçu des réponses de la plupart d'entre eux concernant une éventuelle admission dans une clinique ou un hôpital de la région. (Il fit une courte pause.) Toutes les réponses sont négatives pour l'instant, mais si l'on retrouve la moindre trace de Mme Otani, nous en serons immédiatement avertis.

Otani acquiesça lentement de la tête.

— Limitons-nous à la préfecture de Hyogo pendant encore vingt-quatre heures. Si d'ici là nous n'avons aucune nouvelle...

— ...nous enverrons un avis de recherche au niveau national, compléta Kimura.

Otani approuva d'un hochement de tête.

— Du nouveau sur Yago ? (Malgré ses yeux fermés, il dut sentir le regard embarrassé de Kimura aux deux jeunes gens.) Je vous demande si vous avez du nouveau sur Yago ? Vous pouvez parler sans crainte devant ma fille et son mari.

Kimura se mâchonna la lèvre durant un moment, puis finit par se décider. Il n'y avait décidément rien à faire pour y échapper.

— Vous m'avez demandé de vérifier la carrière de l'ex-général Kaori Yago. Heureusement, la bibliothèque centrale de la préfecture a conservé tous les dossiers biographiques d'avant-guerre, de sorte que j'ai pu me faire une idée presque complète de la vie du général. Je n'ai toutefois pas pu me procurer les arrêts du tribunal qui a jugé les crimes de guerre. La bibliothèque de la Diète possède naturellement l'ensemble des archives et des articles de presse concernant cette période, mais j'ai dû me contenter du matériel que nous avons ici à Kobe. (Il se tourna vers Akiko.) Cela ne vous dérange pas si je fume ?

Les yeux ronds, Akiko s'empressa de faire non de la tête et attrapa un cendrier contenant deux briques de Lego qu'elle vida dans sa paume avant de le tendre à Kimura.

Celui-ci alluma sa cigarette d'une main qui tremblait imperceptiblement.

— La famille Yago semble avoir des entrées un peu partout, poursuivit-il. La mère du général était la fille d'un parent de l'Empereur. Le général a suivi le parcours habituel : l'Ecole des pairs, l'université Gakushuin, et enfin l'Académie militaire. Promotion rapide, surtout à la suite de la mutinerie du 26 février, instructeur à l'Académie militaire, puis muté en Mandchourie. (Kimura fit une pause, après quoi ses paroles résonnèrent comme de petits graviers tombant dans une eau calme.) Décoré après la campagne de Nankin, où, avant d'avoir atteint la quarantaine, il fut promu au grade de colonel. Ensuite, quelques années blanches, car à partir du déclenchement de la guerre du Pacifique, l'armée a cessé de publier son organigramme. Donc aucun renseignement du point de vue militaire. On m'a toutefois conseillé d'examiner les activités civiles de Yago, et j'ai découvert qu'il avait joué un rôle actif dans la création de la Fondation pour les arts asiatiques. Il a toujours été grand collectionneur, surtout en Mandchourie.

L'inspecteur se tut un instant et leva la tête.

— La suite, insuffisamment étayée, nous amène à une époque beaucoup plus récente, reprit-il. Je me souviens très vaguement avoir entendu dans mon enfance les bruits qui couraient pendant les procès. Les gens disaient que le général Yago ressemblait à cet Allemand, le collaborateur d'Hitler, comment s'appelait-il ?

— Goering, intervint Shimizu. Le maréchal Goering. Grand bourgeois, amateur d'art averti, il a amassé une fortune en tableaux et autres objets de valeur en dévalisant les collections européennes et en rapatriant son butin en Allemagne.

— Tout à fait exact, commenta Otani depuis son fauteuil. Yago était d'ailleurs surnommé le Goering japonais. (Il ouvrit les yeux et les fixa dans ceux de Kimura.) A-t-il une famille ? Une femme, des enfants ?

Kimura secoua la tête.

— Je n'ai pas trouvé grand-chose. Il est marié, il a un fils. Pas d'autres détails.

Otani se passa une main sur les yeux.

— Nous n'en avons pas besoin. Nous connaissons le fils.

Shimizu adressa à Kimura un regard interrogateur, et celui-ci haussa les épaules.

— C'est un membre de la Diète, à la Maison haute. Il n'y a là rien de secret. Une quarantaine d'années. Il se trouve que sa femme est originaire de par ici, et qu'il jouit d'un assez fort soutien politique dans la région.

Otani se redressa dans son fauteuil, ôta ses pieds du tabouret et les posa par terre. L'effet fut tel qu'on aurait dit qu'il venait de se lever d'un bond.

— Qui vous a dit ça ? demanda-t-il.

Kimura le regarda sans dissimuler sa surprise.

— Eh bien, mais… Ninja Noguchi, fit-il. C'est pourquoi je vous ai suggéré que nous en parlions avec lui.

Sous ses paupières gonflées, Otani le fixa d'un regard inflexible.

— Je ne souhaite pas discuter de cette affaire avec l'inspecteur Noguchi, déclara-t-il en articulant bien ses mots. Pas plus que je souhaite que vous n'en discutiez avec lui, Kimura. (Il se mit alors péniblement debout et resta ainsi, peu assuré sur ses pieds, dans cette pièce si exiguë que quatre personnes lui donnaient un air bondé.) Je vais m'habiller, ajouta-t-il en disparaissant dans la chambre dont il referma le *fusuma* derrière lui.

Akiko, qui s'était tenue debout derrière son père durant presque toute la conversation, lui massant doucement et presque inconsciemment le cou et les épaules, se laissa tomber dans le fauteuil vacant et se tourna vers son mari.

— Qu'allons-nous faire de lui ? demanda-t-elle d'un air consterné. (Elle s'adressa alors à Kimura.) Et puis, qu'est-ce que c'est que cette histoire de général ?

C'était la première fois que Kimura pouvait se faire une idée des manières directes de la jeune fille libérée qu'était Akiko, manières en effet très différentes de l'attitude soucieuse avec laquelle elle l'avait accueilli dans l'après-midi, et du soin attentif et bien traditionnel avec lequel elle s'était occupée de son père par la suite. A présent elle avait les yeux brillants et s'adressait sans ménagement à Kimura.

— Vous devez être très inquiète pour votre mère, fit celui-ci d'un ton embarrassé.

— Ne vous occupez pas de ma mère pour le moment. Pas avant de nous avoir expliqué ce que ce général Yagi…

— Yago, rectifia Shimizu. Pas Yagi, Yago.

Akiko se tourna vers son mari d'un air belliqueux.

— Peu importe. Ce que je veux savoir, c'est à quoi rime tout ça, ou si mon père est en train de perdre la tête.

Kimura n'eut pas le temps de répondre.

— Non, il ne perd pas la tête, fit Shimizu. Il est épuisé et fou d'inquiétude. Mais il est sur une piste, n'est-ce pas, Kimura-san ?

Kimura était très fier du rôle d'*enfant terrible*[1] qu'il jouait auprès d'Otani, et il éprouva quelque chose qu'il eut l'honnêteté de reconnaître comme étant de la pure et simple jalousie en constatant qu'Akira Shimizu, plus jeune que lui d'une bonne dizaine d'années, jouissait d'une confiance beaucoup plus grande de la part de son beau-père que la plupart des gendres japonais.

Shimizu parut lire les pensées de Kimura, car il poursuivit d'un ton aimable en s'adressant à l'inspecteur.

— Vous imaginez, je suppose, que j'ai de bonnes raisons d'apprécier la valeur professionnelle d'Otani-san. Je l'ai connu, quoique de façon assez étrange, bien longtemps avant d'épouser sa fille. Il me paraît évident que la

1. En français dans le texte.

disparition de ma belle-mère a un rapport avec l'enquête qu'il mène. Le rapport avec la famille Yago passe certainement par ce netsuke dont il nous a parlé. Et voilà que nous apprenons que la femme de Yago est originaire de la région. Je commence à comprendre de quoi il retourne. Mais vous, Kimura-san, vous savez proba-blement mieux que moi à quoi pense le commissaire.

Cette intervention ne fut pas du goût de Kimura, qui désirait avant tout éviter de discuter plus avant de cette affaire avec le couple Shimizu. Si son chef continuait à réfléchir tout haut en leur présence et lui demandait à nouveau de faire ses rapports devant la famille réunie, il allait falloir prendre des mesures. Epuisé comme il l'était, le commissaire fonctionnerait probablement mieux dans un environnement policier, ce qui faciliterait d'ailleurs beaucoup les choses à Kimura lui-même.

Plutôt que de répondre à Shimizu, il consulta sa montre.

— J'espère que le commissaire n'en a pas pour longtemps, dit-il.

Les yeux d'Akiko s'enflammèrent une nouvelle fois.

— Je trouve ridicule qu'il sorte dans l'état où il est, déclara-t-elle en se tournant vers le panneau fermé du fusuma. (Après un moment d'hésitation, elle se leva et s'en approcha.) Père ? Etes-vous bientôt prêt ? (Elle tambourina légèrement contre l'écran puis, n'entendant aucune réponse, l'entrouvrit et jeta un coup d'œil à l'intérieur de la chambre avant de se tourner vers les deux hommes assis dans le salon.) Eh bien, annonça-t-elle, je ne sais pas ce qu'il fera demain, mais ce soir, il reste ici.

Shimizu haussa un sourcil, puis se leva et alla constater par lui-même. Après avoir glissé la tête par l'interstice du panneau, il adressa un sourire à Kimura et lui fit signe d'approcher. Otani dormait à poings fermés, allongé sur le couchage qu'Akiko avait déroulé sur le tatami quand elle avait installé Kazuo contre une cloison, sur son propre petit matelas. L'un des bras d'Otani reposait dans un geste protecteur en travers de l'enfant. Il avait passé son pantalon, mais sans ôter le yukata de coton qu'il avait enfilé pour la soirée. L'effet était des plus curieux.

Chapitre 13

En voyant Kimura s'engager dans l'escalier recouvert d'un tapis qui descendait au Love Box Cabaret, Migishima s'arrêta d'un air hésitant, et Kimura dut l'encourager pour qu'il le rejoigne. Il était lui-même si fatigué et inquiet qu'il n'était pas mécontent d'avoir à passer une heure ou deux dans l'établissement.

— Ne fais pas cette tête-là, Migishima, railla-t-il. Même s'ils ont le culot de nous présenter la note, ce n'est pas nous qui la réglerons.

Migishima eut un vague sourire mais garda le silence. Kimura haussa les épaules et reprit sa descente.

Le videur en veston qui les avait accueillis au niveau de la rue avait dû passer le mot en bas car, lorsque les deux policiers entrèrent dans la pénombre du bar, un homme s'avança vers eux et s'inclina avec obséquiosité. Lui aussi portait un habit de soirée du dernier chic, et le même raffinement un peu surfait se lisait sur son visage barré d'une longue lèvre supérieure. Ses yeux fuyaient le regard de Kimura alors même qu'il le couvrait d'excessives formules de bienvenue, pendant que Migishima regardait autour de lui d'un air maussade.

La salle en sous-sol n'était pas très grande. Des banquettes de peluche rouge sombre étaient alignées contre les murs en faux lambris ornés de tableaux furieusement romantiques, représentant pour la plupart de grosses femmes nues au sourire engageant. Devant les banquettes, une douzaine de petites tables, pourvues côté salle de chaises aux siège et dossier recouverts de la même peluche bourgogne. Dans l'espace laissé libre, au centre, une petite piste de danse au-dessus de laquelle tournait une sphère brisée dont les facettes en miroir renvoyaient le reflet multiplié d'un spot rose dirigé sur elle. La seule autre source de lumière étaient les bougies brûlant dans des photophores posés sur les tables. Les haut-parleurs diffusaient une musique douce à base d'instruments à cordes, ponctuée de quelques refrains.

Des hôtesses, presque toutes étrangères, s'empressaient autour de la demi-douzaine de clients présents. On installa Kimura et Migishima à une table relativement éloignée de celles déjà occupées, puis un jeune serveur stylé leur apporta des petits gâteaux de riz et des calmars séchés, et attendit leur commande d'un air déférent. Après un bon moment d'hésitation, Migishima opta pour une bière, tandis que Kimura demandait un Scotch. Ayant remarqué derrière le bar la brève conversation à voix basse entre le gérant et le serveur, il ne fut pas étonné quand ce dernier lui apporta une bouteille non entamée de Chivas Regal, et, après lui en avoir versé une dose généreuse, la laisser sur la table.

— Tu sais combien coûte ce truc-là ? demanda-t-il à Migishima en portant le verre à ses lèvres. (Migishima fit non de la tête.) Dans les 15000 yen la bouteille au supermarché, et au moins 2000 yen le verre dans un endroit comme ici. Et ils me font cadeau d'une bouteille entière.

— Peut-être qu'ils sont un peu inquiets, suggéra Migishima en considérant avec regret son banal verre de bière.

C'étaient les premiers mots qu'il prononçait depuis le coup de téléphone de Kimura l'enjoignant de le retrouver à la porte du cabaret à onze heures et demie du soir.

Kimura secoua la tête.

— Je ne crois pas. Ils veulent plutôt nous montrer qu'ils sont disposés à coopérer. Ah ! Voilà les filles.

Il venait d'apercevoir Amanda Thorndike et Judy Cheng et leur adressa un large sourire, quelque peu surpris de les voir dans leur tenue professionnelle. Quant à Migishima, il roula des yeux ébahis et rougit jusqu'aux oreilles quand elles se présentèrent à leur table. Amanda était drapée d'une longue robe noire dont le décolleté vertigineux, ourlé de tissu scintillant, dissimulait à peine ses seins. Ses cheveux retombaient librement sur ses épaules, et elle portait le maquillage classique de la *femme fatale*[1]. Elle se glissa sur la banquette à côté de Migishima et lui prit le bras en lui adressant un clin d'œil. Des paillettes brillaient sur ses paupières fardées de vert et sa robe fendue presque jusqu'à la hanche dévoila une longue cuisse barrée d'un porte-jarretelles en dentelle.

La *cheongsam* de soie mauve de Judy exposait tout autant ses jambes, mais cette impudeur était contredite par le haut col de sa tunique chinoise, qui guidait d'abord le regard jusqu'à son visage aux traits réguliers encadré par la coiffure parfaite de ses cheveux noirs, avant de le faire redescendre au niveau de sa poitrine, où l'on remarquait très vite que ses deux seins ronds haut plantés se mouvaient librement sous la soie, de toute évidence dépourvus de soutien-gorge.

— Re-bonjour, inspecteur Nacker, roucoula Amanda en anglais.

Kimura fut de nouveau décontenancé par ce mystérieux mot de *nacker* qu'il n'avait pas encore eu le temps de chercher dans ses dictionnaires.

— Kimura, rectifia-t-il avec une pointe d'agacement. Je vous présente l'un de mes assistants, le détective Migishima. Il ne parle pas anglais. Où sont vos deux collègues ?

Amanda jeta un vague regard dans la salle, puis gratifia Migishima d'un sourire carnassier qu'elle termina par une mimique de ses lèvres carmin, à mi-chemin entre moue et baiser, avant de répondre.

— Elles sont occupées, mon mignon. Nous sommes très demandées, vous savez. Ce n'est pas parce que vous claquez des doigts qu'on va tout laisser tomber. Nancy est là-bas dans le coin, avec les deux vieilles badernes. Et Hélène est… de sortie.

Kimura jeta un coup d'œil dans la direction indiquée, et aperçut Nancy Bernstein en conversation animée avec un

1. En français dans le texte.

vieil homme à la chevelure argentée. Le second homme, qui paraissait aussi âgé mais avait teint ses cheveux en noir, était assis légèrement en retrait et écoutait la conversation d'un air ennuyé. Nancy était habillée de manière aussi provocante que ses amies, en jean hyper moulant et corsage transparent, mais ses manières étaient plus cassantes que langoureuses. Amanda haussa un sourcil.

— Vous ne comprenez toujours pas ce qu'ils lui trouvent, hein ? Elle n'est décidément pas votre genre, pas vrai, chéri ? dit-elle en se penchant devant Migishima pour parler à Kimura.

Noyé dans un nuage de parfum, Migishima fronça les narines avec un mouvement de recul.

— Ecoutez, nous sommes là pour une raison importante, rétorqua Kimura d'un ton grave. Une urgence, je dirais même. J'ai besoin de votre collaboration, et ce n'est pas le moment de plaisanter.

— O.K. ! répliqua Amanda d'un ton pincé. Alors allons-y. Je vous écoute. Mais sans faire de scandale. Il y a déjà des clients qui vous ont repérés.

Elle adressa un sourire lascif à Migishima et se mit à lui masser la main, tandis que Judy, pour être dans le ton, entreprenait d'agacer le lobe de l'oreille de Kimura.

Celui-ci parla en japonais et s'aperçut vite que les deux filles le parlaient correctement et le comprenaient encore mieux. Le sérieux de l'entretien contrastait bizarrement avec les caresses et frottements divers qui l'accompagnaient tandis qu'Amanda et Judy, pour ne pas éveiller l'attention, se livraient à la routine des gestes de leur profession. Kimura avait trop de pratique pour en être beaucoup distrait, mais Migishima eut à plusieurs reprises le regard vitreux, étouffant même à un moment un hoquet de surprise outrée tout en s'écartant d'Amanda, ce qui lui attira un sévère rappel à l'ordre de la part de Kimura.

Le serveur avait resservi plusieurs fois les filles et Kimura avait descendu près du quart de sa bouteille de Chivas quand le gérant vint vers eux après avoir posé sur le bar le combiné du téléphone qu'il venait de décrocher. Il s'arrêta à quelques pas de la table et toussota discrètement.

Kimura se libéra de l'étreinte de Judy, se leva pour lui parler, puis hocha la tête et se dirigea vers le bar.

Quand il regagna la table, Judy avait tourné ses attentions vers Migishima, et Kimura regarda d'un œil amusé le visage empourpré de son assistant pris entre ceux de l'Anglaise et de la Chinoise, qui chuchotaient des choses dans chacune de ses oreilles légèrement disproportionnées.

— Il faut que j'y aille, Migishima, annonça-t-il. (Migishima essaya de se lever, mais Kimura lui enjoignit d'un geste de rester où il était.) Non. Tu restes ici. Cette petite conversation commençait à devenir intéressante, et je pense que Nancy-san pourra bientôt se joindre à vous.

Sur ce, il pivota sur ses talons et quitta le Love Box Cabaret, non sans avoir donné au passage de brèves instructions au gérant, et avoir eu l'impression d'entendre Migishima pousser un gémissement lorsque les deux filles étaient reparties à l'attaque.

Chapitre 14

Le directeur et le conservateur du musée de Kyoto étaient tous deux présents lorsque Otani et Kimura se présentèrent le lendemain après-midi, et le style de cette seconde visite d'Otani fut très différent de la première. Cette fois, il avait revêtu son uniforme, et il était attendu, ayant pris soin de charger Kimura de préparer le rendez-vous avec l'accord et la collaboration officiels de la police de la préfecture de Kyoto. Otani resta silencieux pendant qu'on les guidait jusqu'au bureau du directeur, où, en manière de salutation, il se contenta de s'incliner avec raideur. Il ôta alors sa casquette à galon doré et s'assit, le dos bien droit, sur la chaise qu'on lui indiquait.

Kimura, revêtu d'un costume civil s'accordant mieux qu'un uniforme à son teint blême et aux cernes qui creusaient ses joues, se prêta d'un peu meilleure grâce à la courtoisie traditionnelle, allant jusqu'à marmonner les excuses adéquates pour ce dérangement. Obéissant toutefois aux instructions d'Otani, il ne fit aucun effort pour réchauffer si peu que ce soit la formalité glaciale de l'instant. Les deux officiels du musée prirent place en face des policiers, et un lourd silence s'installa tandis qu'on leur apportait les petites tasses à thé sans anse. Kimura, qui avait souvent lu au cours des années la même expression tendue et impénétrable sur le visage d'Otani, avait constaté avec soulagement que l'épuisement et le désespoir de la veille paraissaient s'être estompés. Son regard brillait pourtant d'une façon que Kimura ne lui avait jamais vue, et il ne laissait pas de s'en inquiéter. Les yeux d'Otani luisaient en particulier d'une lueur qui n'était ni saine ni naturelle, et l'immobilité du commissaire, loin d'être un signe de détente, dissimulait au contraire une grande tension.

Le directeur, après avoir adressé un regard interrogateur à Otani, qui garda un visage de marbre, s'éclaircit la gorge et se tourna vers le plus abordable Kimura.

— Je regrette beaucoup, commença-t-il, que la police ait pu avoir l'impression que nous faisions preuve de la plus petite réticence dans notre coopération avec l'enquête en cours, ou que nous montrions un empressement excessif à vouloir récupérer l'objet dont le commissaire a récemment parlé avec mon collègue le conservateur.

Otani accepta ces excuses avec une brève inclinaison de la tête, puis se tourna vers le conservateur qui, silencieux et probablement désespéré, devait réfléchir au meilleur moment pour annoncer sa démission.

— Je n'ai aucune raison de me plaindre de la conversation que j'ai eue ici lors de ma dernière visite, dit Otani avec froideur. Votre collègue ici présent m'a reçu avec une grande cordialité, il s'est montré attentif et m'a donné de bonne grâce les informations que je lui demandais. Il est tout à fait normal qu'il ait fait son possible pour que le netsuke que je lui ai montré soit remis le plus tôt possible entre les mains d'experts. J'ai clairement expliqué aux autorités compétentes de Tokyo que la police n'avait pas l'intention de garder cet objet plus longtemps qu'il ne sera nécessaire, et pour ma part je suis certain qu'il vous sera remis très bientôt. Vous n'avez donc aucun reproche à vous faire de ce point de vue.

L'ambiance se détendit de manière sensible, et le conservateur vida sa tasse d'un seul coup. Otani but une gorgée de la sienne avant de poursuivre.

— Il se trouve que vous pourriez hâter la conclusion de l'enquête en nous accordant une discrète assistance technique.

A ces mots, le directeur se mit à opiner du chef avec enthousiasme.

— Tout ce que vous voudrez, bien sûr, nos moyens sont à votre entière disposition… babilla-t-il avant qu'Otani ne l'interrompe par un geste en direction de Kimura.

— Inspecteur, veuillez expliquer à ces messieurs ce que nous attendons d'eux, je vous prie, fit-il avant de se replonger dans le silence.

Kimura sortit un calepin de sa poche.

— J'aimerais insister avant tout sur la discrétion que vient d'évoquer le commissaire, fit-il. Mais voilà de quoi il s'agit. Nous voudrions obtenir des photographies très détaillées des sept netsuke que vous conservez au musée. Nous aurions préféré faire prendre ces clichés par un technicien de la police, mais ce serait à la fois plus simple et plus rapide d'utiliser votre laboratoire. Je suppose que vous êtes équipés pour la macrophotographie ?

Le conservateur, qui de minute en minute montrait plus d'entrain, acquiesça d'un vigoureux hochement de tête.

— Bien sûr. Et nous avons également un technicien de toute confiance. D'ailleurs il ne s'étonnera pas que je lui demande un travail presque routinier ici.

Kimura hocha la tête à son tour.

— Où conservez-vous les figurines entre deux expositions ?

Au lieu de répondre, le conservateur se leva et regarda alternativement les trois hommes.

— Je pense qu'il serait préférable que nous nous rendions tout de suite dans la chambre forte. Vous pourrez nous y expliquer plus facilement en quoi nous pouvons vous être utile.

— Parfait, déclara Otani d'un ton ferme.

Tous se levèrent et, une fois à la porte, le directeur parut hésiter.

— Hum… comme vous le savez, commissaire, commença-t-il avec gaucherie, je suis un simple fonctionnaire administratif, non un technicien… et donc… à moins que vous ne jugiez ma présence indispensable…

Otani le considéra un instant.

— Je n'ai aucun doute quant à votre discrétion, monsieur le directeur, répliqua-t-il. Mais en effet, moins il y aura de personnes au courant, mieux ce sera. Je vous suis reconnaissant.

Sur ce, il s'engagea dans la direction indiquée par le conservateur, qui le conduisit, en compagnie de Kimura, jusqu'à un monte-charge poussif dans lequel ils descendirent au sous-sol.

Kimura examina d'un œil professionnel la partie visible des dispositifs de sécurité, qu'il ne parut apprécier que modérément. Le conservateur remarqua la moue dubitative du policier.

— Nous ne sommes pas une banque, expliqua-t-il tandis qu'un gardien leur ouvrait une grille métallique par où ils passèrent dans un couloir où flottait une odeur de moisi. Nous nous efforçons bien sûr d'empêcher les vols dans le musée lui-même, mais, ici, nous veillons surtout à la bonne conservation des pièces en contrôlant l'humidité et la température ambiantes, ainsi que leur exposition à la lumière.

Il fit tourner le cadran d'une verrou à combinaison sur une porte blindée, puis sélectionna une clé du trousseau qu'il sortit de sa poche, et l'introduisit dans l'un des trous de la serrure. Le gardien introduisit une seconde clé dans l'autre trou, et la lourde porte pivota sur ses gonds, découvrant la chambre forte où des coffres s'alignaient contre les murs.

Le conservateur en ouvrit un avec une autre clé, et sortit une boîte plate en bois poli d'un travail délicat, qu'il posa sur une petite étagère pendant qu'il refermait le coffre. Puis il se tourna vers Otani et Kimura.

— Il n'y a pas beaucoup de lumière ici, fit-il en ouvrant la boîte, mais avant que nous allions au laboratoire, je veux vous montrer pourquoi nous espérons tant reconstituer la série entière.

L'intérieur de la boîte, tapissé de velours rouge, comportait neuf cavités. Dans sept d'entre elles reposaient les figurines d'ivoire de déesses grassouillettes, les deux dernières cavités restant tristement vides. Devant chaque alvéole était fixée une petite plaque de plastique portant le nom de la déesse, et les yeux de Kimura s'agrandirent tandis qu'il se penchait pour les déchiffrer. Il faillit dire quelque chose, puis se ravisa et s'écarta pour laisser place à Otani, qui n'accorda qu'un regard rapide aux petites sculptures.

Les trois hommes ressortirent de la chambre forte, la précieuse boîte simplement serrée sous le bras du conservateur. Le gardien referma la porte blindée, leur ouvrit la grille puis les précéda dans un autre couloir, jusqu'à une porte qui, comme plusieurs autres qu'ils venaient de dépasser, portait la simple mention « Recherches ». C'était une petite pièce austère, meublée d'une vieille table en bois, de deux chaises à dossier droit, d'un petit placard et d'un banc le long d'un mur. En plus de la lumière déjà forte, un spot était mis à disposition sur la table.

Le conservateur indiqua les deux chaises aux policiers, lui-même s'installant sur un tabouret qu'il tira de dessous le banc, puis ouvrit de nouveau la boîte en la plaçant de façon que les trois hommes puissent en voir l'intérieur.

— Je vois qu'elles ont toutes un nom, y compris les deux manquantes, remarqua Kimura d'un ton neutre. Comment les reconnaissez-vous ?

Le conservateur eut l'air surpris.

— Eh bien, répondit-il aussitôt, chacune a son nom gravé dessus, c'est tout simple. Comme vous le voyez, les noms figurant sur les étiquettes sont imprimés en grec, en *katakana* phonétique et en anglais.

— Les deux manquantes seraient donc Clio et Thalie ? fit doucement Otani.

Son assurance stupéfia Kimura, qui pensait qu'Otani serait incapable de déchiffrer les caractères romains, ni de déduire les noms originaux à partir de transcriptions japonaises aussi approximatives que l'était *Kureio* pour « Clio ».

Le conservateur acquiesça.

— Sans aucun doute. Les noms des neuf muses sont connus dans le monde entier et figurent dans des centaines de documents. Et nous en avons déjà sept ici.

Une légère rougeur empourprait les joues d'Otani, et Kimura crut le voir trembler légèrement.

— Une loupe, je vous prie, demanda le commissaire.

Le conservateur alla en chercher une de grande taille dans le placard. Saisissant l'instrument de la main gauche, Otani sortit l'un des netsuke de son nid de velours et l'examina brièvement. Il le reposa, en prit un deuxième, puis un troisième, et ainsi de suite jusqu'à ce qu'il les ait tous examinés, ne consacrant que quelques secondes à chacun. Après avoir reposé le dernier, il s'appuya contre son dossier, poussa un soupir et se frotta les paupières.

Puis il leva les yeux vers le conservateur.

— Bien, fit-il d'une voix épaisse. Savez-vous vous servir de l'appareil à macrophotographie ? (Le conser-vateur acquiesça d'un air incertain.) Je n'ai besoin que d'un seul cliché par figurine, poursuivit Otani en refermant délicatement la boîte. Si vous me montrez comment régler l'appareil sur un détail particulier, j'aimerais prendre les photos moi-même, avec votre aide. (Son expression se radoucit jusqu'à ébaucher un sourire las.) J'apprécie beaucoup l'esprit de coopération dont vous avez fait preuve. Je pense que nous avons découvert ce que nous cherchions.

Tandis que Tomita les reconduisait à Kobe par l'autoroute à péage, Kimura garda le silence aussi longtemps qu'il le put afin de respecter le désir manifeste d'Otani d'éviter toute conversation, et il en profita pour se remémorer l'habileté avec laquelle le commissaire avait réussi à photographier chacun des sept netsuke du musée tout en empêchant le conservateur de voir sur quel endroit il braquait l'objectif. A présent la pellicule se trouvait dans la poche d'Otani, tandis que les Trésors nationaux avaient regagné leur coffre dans la chambre forte. Mais au bout d'un moment, Kimura ne put réprimer plus longtemps l'envie de parler.

— Avec mes respects, commissaire, permettez-moi de vous dire que vous ne pouvez développer cette pellicule vous-même. Et l'expert du musée ne tardera pas à examiner lui-même les netsuke pour y découvrir ce qu'il y a à y découvrir.

— Vous avez entièrement raison, répondit Otani d'un ton posé. C'est pourquoi je veux que vous vous occupiez en personne du développement de ce film. Vous demanderez à ce qu'on vous remette une série d'agrandissements et le négatif. Aucun autre tirage. Quant au second point que vous soulevez, nous verrons bien. Vous n'avez pas entendu ce que j'ai dit au conservateur pendant qu'il les remettait dans le coffre.

C'était exact. Kimura avait d'ailleurs ressenti une certaine irritation quand Otani lui avait ordonné de rester dans la pièce des Recherches pendant qu'il retournait à la chambre forte avec le conservateur pour ranger les netsuke.

Tomita roulait à bonne allure et ils furent à la préfecture peu avant dix-huit heures. En bas dans l'entrée, Otani remit le rouleau de pellicule à Kimura qui l'emporta vers la chambre noire et le laboratoire photographique situés à l'arrière du bâtiment. Otani gravit lentement les larges marches conduisant à l'étage, puis longea le couloir familier de son bureau, foulant l'étroit tapis en coco qui recouvrait le linoléum brun, et marqua une pause devant la dernière des photographies encadrées ornant les murs tout au long du couloir. Tous les prédécesseurs d'Otani étaient là, immortalisés dans des portraits à l'expression sévère. Même les plus récents avaient cette espèce de raideur victorienne, et Otani avait songé plus d'une fois à écrire une monographie sur chacun d'eux. Dans sa lassitude, il fixa son regard sur l'espace où son propre portrait serait accroché d'ici à quelques années, puis il se ressaisit et entra dans son bureau.

Il trouva sur sa table une petite pile de papiers, avec sur le dessus une enveloppe blanche portant son nom et son titre soigneusement dactylographiés. Otani la décacheta distraitement, en sortit une simple feuille de papier non pliée, et, retenant son souffle en découvrant le message tapé à la machine qui y figurait, tendit aussitôt la main pour appuyer sur le bouton de son interphone. Mais à cet instant précis, la sonnerie de l'appareil retentit, et il décrocha.

— Un appel personnel, commissaire, lui dit le standardiste.

Otani entendit un clic, suivi d'un bref silence.

— Oui ? Ici Otani.

— Je suppose que vous avez lu notre message, fit une épaisse voix d'homme. Bon écoutez bien. La communication sera interrompue dans quelques secondes, alors ne perdez pas de temps à essayer d'en localiser la provenance.

Puis, les tempes bourdonnantes, Otani entendit la voix d'Hanae.

— Tetsuo… chéri. Je vais bien. Je ne sais pas où je suis, mais on ne m'a fait aucun mal…

Nouveau clic, la communication était coupée.

Pendant peut-être un quart d'heure, Otani resta prostré dans son fauteuil, quelque peu rassuré mais malade de frustration, jusqu'à ce qu'une terrible colère se lève en lui. Il convoqua sur-le-champ l'officier de permanence, lequel se trouvait être l'inspecteur Sakamoto, qui subit au garde-à-vous une tempête d'autant plus véhémente qu'elle était sans précédent. Son esprit obsédé par le règlement chercha vainement à comprendre pourquoi il était l'objet d'une telle avalanche de reproches et quelle était la signification des ordres qu'on lui donnait, de sorte que lorsque, voyant Kimura entrer dans le bureau avec une grande enveloppe à la main, Otani interrompit brusquement sa tirade, Sakamoto était comme vitrifié.

Le regard d'Otani passa d'un de ses subordonnés à l'autre.

— Rompez ! aboya-t-il à l'adresse de Sakamoto qui pivota sur les talons et sortit avec une expression hébétée.

Kimura hésita, s'inclina en faisant mine de suivre Sakamoto, puis referma tranquillement la porte et revint vers Otani qui soufflait comme un phoque derrière son bureau.

— Que s'est-il passé ?

En énonçant sa question, posée d'un ton abrupt et presque autoritaire, Kimura se demanda s'il allait devoir prendre l'initiative extraordinaire de signaler que son supérieur était temporairement inapte au commandement.

Otani remua les lèvres durant plusieurs secondes avant de répondre.

— Elle vient de me parler, Kimura, marmonna-t-il enfin. Au téléphone. Ils ont coupé aussitôt. Et puis j'ai reçu ça…

Il poussa le papier vers Kimura.

— Je vois. Et vous demandiez à Sakamoto de vous dire qui l'avait apporté.

Otani aquiesça d'un bref hochement de tête.

— Le coup de téléphone aussi. Personnel, on m'a dit. Ils savent pourtant bien qu'on doit automatiquement en repérer la provenance.

Kimura inspira profondément et hocha la tête.

— Je m'en occupe, commissaire. Je doute que Sakamoto ait bien pris la mesure du problème. Mais au moins nous avons de quoi travailler. Un message anonyme exigeant la restitution du netsuke dans les vingt-quatre heures, et un appel de Mme Otani.

Otani leva la main avec lassitude.

— Non, rectifia-t-il. De l'expéditeur. Ils ont dû guetter le moment où nous sommes revenus. Ils savaient exactement quand je le lirais. Et, ensuite, en effet, ma femme. Elle n'a pu me dire que quelques mots.

Kimura se dit qu'Otani avait tout aussi bien entendu un message enregistré, mais il réalisa que s'il mentionnait cette possibilité, c'en était fini pour un bon moment de toute conversation rationnelle.

— Je vais essayer de savoir comment ce message vous est parvenu, promit-il. Et, bien sûr, je vais faire en sorte qu'on repère l'origine de tout nouvel appel personnel à votre intention. (Il se tut un instant et se pencha sur le bureau.) Pourquoi ne pas rendre cet objet, commissaire ? Mme Otani retrouverait aussitôt la liberté, et nous avons suffisamment d'indices pour poursuivre notre enquête une fois qu'elle sera en sécurité.

Kimura fut stupéfait du désespoir qu'il lut sur le visage d'Otani lorsque celui-ci secoua la tête.

— C'est impossible, fit le commissaire. Mais je ne peux pas vous expliquer pourquoi. (Il hocha la tête en direction de l'enveloppe que tenait Kimura.) Alors ?

Incapable de comprendre pourquoi Otani se refusait à prendre les moyens de faire libérer sa femme, Kimura ouvrit l'enveloppe et en sortit la série d'agrandissements des photos prises par Otani. Comme elle étaient encore humides après leur passage dans les différents bains, il dut les décoller une à une avant de les répartir sur le bureau.

— Vous avez fait du bon travail, commissaire, reconnut-il avec sincérité.

Les photos étaient effectivement nettes et bien contrastées, faisant ressortir non seulement les rayures du vieil ivoire, mais aussi les inscriptions qui se dissimulaient, sur chacune des figurines, à peu près au même endroit que celle figurant sur le netsuke de l'hôtel Fantasia. Otani examina les tirages en silence, puis les plaça devant lui dans un ordre différent de celui où les avait disposés Kimura, comme s'il s'agissait de cartes avec lesquelles il se livrait à quelque mystérieuse réussite. Il leva enfin les yeux vers Kimura.

— Vous en savez presque autant que moi maintenant, déclara-t-il d'une voix lente. Des lettres et des chiffres, mais nous ne savons pas dans quel ordre les lire. Qu'en pensez-vous, Kimura ? Je suis trop fatigué pour réfléchir.

— C'est une piste formidable ! s'exclama l'inspecteur en feignant l'enthousiasme. Il s'agit de toute évidence d'une sorte de message secret. Nous allons demander aux décrypteurs de l'Agence de défense de nous aider à...

— Pas *un* message, mais les sept neuvièmes d'un message. La série comporte neuf netsuke.

— Eh bien, cela fait huit neuvièmes avec celui que vous avez en votre possession. Je ne suis pas un spécialiste de ces questions, mais il me semble qu'ils en auront assez pour déchiffrer le tout.

Otani resta un moment silencieux, puis se leva brusquement et se dirigea vers la fenêtre. Kimura n'entendit pas tout ce qu'il murmura, le dos tourné, mais il fut abasourdi par le peu qu'il saisit. Il se précipita vers Otani et le regarda droit dans les yeux.

— Me faites-vous confiance à moi ? Est-ce qu'on en est vraiment arrivé là ?

Otani soutint son regard durant plusieurs secondes, puis baissa les yeux.

— Oui, Kimura, j'ai confiance. Voilà... Ce n'est pas moi qui ai le huitième netsuke. Ma femme l'a caché. Et j'ignore où.

Kimura hocha lentement la tête.

— Je vois. Oui. Ceci complique les choses. Ecoutez, commissaire, laissez-moi en parler à Ninja. De toute façon, il veut vous voir de toute urgence...

— Non, fit Otani d'une voix à peine plus haute qu'un murmure, mais qui réduisit Kimura au silence. Cette affaire doit être réglée en dehors de Noguchi. Je ne peux pas... voyez-vous... bon sang, Kimura, pour l'amour du ciel, allez me chercher quelque chose à boire !

Chapitre 15

— Ne reste pas là assis sans rien dire ! explosa Kimura. Je suis très inquiet à son sujet, et tu m'as l'air d'en savoir beaucoup plus que tu ne veux bien en dire.

Il lança un regard furieux à Noguchi, tassé dans son fauteuil derrière son vieux bureau dans la minuscule pièce qui lui était allouée au rez-de-chaussée. Il était près de huit heures du soir et, en dehors de la salle de permanence située à l'autre bout du bâtiment, la Préfecture était silencieuse.

— Où est-il ? s'enquit Noguchi d'un ton calme sans relever l'agressivité de Kimura.

— Dans son bureau, en train de picoler du whisky.

Noguchi haussa un sourcil.

— Du whisky ? Ça ne lui ressemble pas.

— Ecoute, Ninja, fit Kimura en se penchant par-dessus la table, vu l'état dans lequel il est, la meilleure chose qui pourrait lui arriver serait de se saouler à mort. Je ne sais pas ce que tu lui as fait ou ce que tu lui as dit, mais il refuse de te voir. Il m'étriperait s'il savait que je suis ici avec toi. Alors je t'en prie, dis-moi ce que tu sais de toute cette histoire.

Comme pour chasser une mouche, Noguchi remua une épaisse paluche.

— Il l'a donc donné à sa femme… Dis-lui qu'il doit le rendre. C'est la seule chose à faire.

— Ce qui veut dire que ça a un rapport avec l'assassinat de Cleo Ventura, n'est-ce pas ? insista Kimura, et Noguchi acquiesça. Ninja, à quoi joues-tu dans cette affaire ? Tu ne vois pas que je commence à avoir les même soupçons que le chef ?

Noguchi leva la tête et cette fois son regard fulminait.

— Tais-toi, Kimura, grogna-t-il. Je ne joue à rien du tout. Je veux d'abord la retrouver et la sortir de là. Et ensuite mettre la main sur le ou les assassins de la Ventura.

— Tu as découvert qui l'a tuée ?

— Presque.

— Est-ce Yago ?

Noguchi ignora la question, s'extirpa de son siège et marcha à pas pesants vers la porte, où il se retourna en adressant un regard sans expression à Kimura.

— Va le rejoindre, dit-il au bout de quelques secondes. Sa femme doit leur dire où il se trouve. Fais-lui comprendre que c'est la seule solution.

Kimura ébaucha une nouvelle tentative.

— Ninja. Yago... Nous ne sommes pas des imbéciles, tu sais. Un inspecteur de la Met à Tokyo m'a laissé un message hier soir. Yago n'a pas reparu depuis plusieurs jours à son bureau de la Diète. J'ai fait envoyer quelqu'un chez lui. La maison est vide, à l'exception d'une femme de ménage, et...

Kimura laissa sa phrase en suspens en voyant Noguchi tourner le dos et disparaître dans le couloir.

En retournant chez Otani, Kimura passa par son propre bureau, où il trouva Migishima sur le seuil dans une position indécise, ne sachant s'il devait entrer ou sortir. Il parut soulagé de voir Kimura.

— Ah ! Migishima. Je t'avais oublié. As-tu du nouveau ? fit-il en contournant le jeune homme pour aller s'asseoir à son bureau. Fais vite, je te prie. Je suis très occupé en ce moment. Vas-y, assieds-toi. Ne perdons pas de temps en politesses.

Il se sentait nerveux et irritable, mais l'expression de sérieux qu'il lut sur le visage de Migishima le contraignit à attendre patiemment tandis que le jeune agent posait une fesse sur le bord de la chaise en face de lui avant de le considérer d'un air grave.

— Inspecteur, commença-t-il. Je suis resté dans le bar jusqu'à la fermeture. Les trois femmes m'ont indiqué quatre adresses, à part le Fantasia Hotel, où la fille Ventura emmenait ses clients. Elle allait parfois dans un autre hôtel de passe et… chose qui m'a pas mal surpris… dans deux appartements luxueux appartenant à des diplomates étrangers…

— Tu as noté les adresses ?

Kimura était intéressé mais, malgré sa préoccupation, légèrement irrité que ce soit Migishima et non lui qui ait découvert ces faits.

Migishima acquiesça d'un signe de tête.

— Le quatrième endroit est aussi un appartement privé. J'ai eu des difficultés à savoir qui en était le propriétaire, mais j'ai finalement appris que c'était le gérant du cabaret. Il n'y habite pas : l'appartement est réservé à l'usage des hôtes spéciaux du groupe qui possède le cabaret – et le Fantasia Hotel. L'Anglaise – Amanda-san – m'a raconté qu'elle avait été dans cet appartement avec un homme dont elle ne connaît pas le nom, mais qui devait être quelqu'un d'important. Et elle a ajouté quelque chose qui m'a frappé : elle a dit qu'elle ne lui aurait pas fait confiance pour acheter une voiture d'occasion. Elle a précisé aussi qu'il portait un badge comme les politiciens qu'on voit aux informations télévisées. Bien sûr, j'ai tout de suite pensé que c'était peut-être un membre de la Diète, mais après tout, il y en a des centaines, n'est-ce pas ?

Kimura hocha la tête en silence, s'efforçant de ne pas trahir l'excitation qui naissait en lui.

— Ensuite ?

— Je… hum… enfin, comme vous étiez à Tokyo avec le commissaire, j'ai donc pris sur moi d'aller voir cet appartement ce matin. Personne n'a ouvert quand j'ai sonné. Alors j'ai… j'ai effectué une entrée. (Kimura ne put s'empêcher de sourire en entendant Migishima citer d'un air crâne l'expression consacrée figurant dans le Manuel de police.) L'appartement était vide, mais tout y est aménagé de manière très… hum, exotique.

Migishima s'interrompit, l'air embarrassé, et parut attendre avec stoïcisme les critiques ou la réprobation de Kimura.

Rien de tel ne se produisit. Après avoir laissé échapper un profond soupir, Kimura s'adressa au contraire à Migishima avec chaleur, sans sa condescendance habituelle.

— Ce n'était peut-être pas très orthodoxe, mais tu as très bien fait, Migishima. Je regrette simplement qu'il n'y ait eu personne là-bas, mais tu nous auras fourni de précieuses confirmations. Ne fais rien de plus pour l'instant. Surtout, jusqu'à nouvel ordre, n'aie aucun contact avec les gens du cabaret. Tu dois travailler tard ce soir ?

Migishima secoua la tête.

— J'allais partir après vous avoir fait mon rapport. (Son visage s'empourpra.) En fait, ma… hum, c'est-à-dire que Terauchi-san finit à dix heures et j'avais l'intention de la raccompagner chez elle...

Kimura consulta sa montre.

— Eh bien, tu partiras à ce moment-là. Mais j'aurai peut-être un travail pour toi avant. (Il se leva et alla jusqu'à la porte.) Installe-toi et attends ici, fit-il avant de sortir.

Otani était toujours assis à son bureau, dans la même position où l'avait laissé Kimura, en train de fixer les photographies d'un air absent. Kimura constata avec soulagement qu'Otani avait vidé moins d'un quart de la bouteille de whisky Suntory qu'il lui avait apportée, et que le verre posé à côté du commissaire était encore à moitié plein, et apparemment généreusement allongé d'eau. Otani leva les yeux en entendant entrer Kimura.

— J'ai décidé de suspendre Noguchi, dit-il. Est-ce que Sakamoto est toujours en charge de la permanence ? Je veux qu'il arrête Noguchi pour interrogatoire.

Médusé, Kimura ouvrit et ferma la bouche plusieurs fois avant de pouvoir parler.

— Commissaire, écoutez-moi, je vous en prie, finit-il par articuler. Je ne sais pas quels soupçons vous entretenez à l'égard de Ninja – enfin, de l'inspecteur Noguchi. Mais je suis convaincu qu'il travaille avec vous, et non contre vous. Je vous en supplie, croyez-moi… croyez-nous. Il se fait un sang d'encre au sujet de Mme Otani. (Il scruta le visage du commissaire, plaidant muettement sa cause.) Ne lui retirez pas votre confiance. Je vous en supplie. Il a demandé à vous voir. Peut-être a-t-il appris quelque chose d'important. Bonté divine, pourquoi ne pas lui laisser une chance de vous expliquer…

— De m'expliquer quoi ? Qu'il a assassiné Cleo Ventura ? répliqua Otani d'une voix glaciale. Ça m'étonnerait qu'il me le dise.

— Quoi ? Vous ne croyez tout de même pas ça ! Chef, vous ne devez pas dire des choses que vous pourriez regretter…

— N'essayez pas de me donner des ordres, Kimura ! Contentez-vous de faire ce que je vous dis.

Otani parlant toujours du même ton froid et résolu, Kimura eut soudain l'effrayante conviction que son cerveau avait craqué sous la pression. Otani l'observa attentivement et parut lire dans ses pensées.

— Kimura, je suis en possession de toutes mes facultés, reprit-il. Je vais vous exposer mes soupçons en toute confiance, et ensuite vous ferez ce que je vous dis de faire. Le lien entre Cleo Ventura et Noguchi, c'est Manille. Je ne l'ai appris que récemment, mais l'inspecteur Noguchi se trouvait là-bas pendant la guerre. Quand il a aperçu le netsuke sur mon bureau, j'ai eu la très nette impression qu'il le reconnaissait… Kimura, écoutez-moi ! Je ne perds absolument pas la tête.

En fait, Kimura ne regardait pas Otani, mais les photographies dispersées sur le bureau, et une étrange expression venait de se peindre sur son visage.

— Je vous écoute, commissaire, protesta-t-il d'un air distrait. Mais attendez un instant. C'est peut-être un élément important, Manille. S'il vous plaît… puis-je vérifier quelque chose ? (Sans attendre la permission, il décrocha le téléphone et composa le numéro de son propre poste.) Migishima ? Ici Kimura. Vite… Tu vois l'atlas en haut de mon placard ? Cherche les coordonnées de Manille… Oui *Manille*… Tu en as suffisamment entendu parler ces derniers temps, mon vieux… Oui, je sais qu'il n'est pas très détaillé…

Il écouta quelques instants, puis remercia brièvement Migishima avant de raccrocher. Ensuite il se pencha sur le bureau, retourna les photos face à lui et les arrangea dans un ordre différent tout en plissant les lèvres d'un air songeur.

Lorsqu'il reprit la parole, ce fut d'une voix lente et composée, comme s'il voulait éviter toute démonstration de satisfaction ou d'optimisme prématuré.

— Je n'en suis pas encore sûr, commissaire, mais il me semble que vous avez peut-être mis le doigt sur la clé du message. En fait, je ne crois pas que nous ayons affaire à un code. Il s'agit probablement de coordonnées géographiques. D'après l'atlas rudimentaire que j'ai dans mon bureau, les coordonnées de Manille sont d'environ 14 degrés nord et 122 degrés est. Les chiffres figurant sur ces photos ne nous aident pas beaucoup, mais les seules lettres mentionnées sont N et E. Nous pourrons nous procurer facilement les coordonnées exactes, et nous verrons si nous pouvons arranger les inscriptions dans un ordre logique. Ou peut-être existe-t-il un ordre convenu pour ces déesses grecques...

Otani écoutait attentivement. Ses yeux brillaient et sa bouche ébaucha un petit sourire crispé.

— Appelez Noguchi, dit le commissaire.

Il parut sur le point d'ajouter quelque chose, mais juste à cet instant le téléphone sonna avec une intensité qui parut inhabituelle aux deux hommes. Ils hésitèrent pendant une fraction de seconde, puis tendirent simultanément la main. Otani fut le plus vif, et Kimura vit ses phalanges blanchir tandis qu'il pressait le combiné contre son oreille. N'entendant rien de ce que disait l'interlocuteur au bout du fil, il resta figé durant une demi-minute, après quoi il perçut un clic et vit Otani reposer très lentement le combiné sur sa fourche, toujours sans avoir prononcé une parole.

A cet instant la porte s'ouvrit violemment, et tout arriva d'un seul coup. Noguchi fit irruption dans la pièce, Otani bondit de son fauteuil, les traits déformés par la fureur, et se jeta sur lui. L'issue de l'affrontement ne pouvait faire de doute, et lorsque Kimura, qui s'était précipité, eut rejoint les deux hommes, Noguchi avait déjà immobilisé les deux bras de son supérieur. Otani bourrait Noguchi de violents coups de pied dans les tibias et Noguchi, qui respirait avec difficulté, émit un cri rauque que Kimura comprit aussitôt. Il gifla violemment Otani qui, momentanément sonné, s'effondra entre les bras de Noguchi.

— Arrêtez ! commanda Kimura d'une voix forte. Ninja a repéré la provenance de l'appel ! *Nous savons où elle est !*

Noguchi relâcha Otani, qui se frotta la joue, encore tout écarlate, sa récente expression de furie laissant peu à peu la place à un visage encore hébété mais qui commençait à retrouver son aspect normal.

Kimura le fixa encore un instant d'un regard furieux, jusqu'à ce qu'il soit sûr qu'Otani l'entende bien.

— Vous vous excuserez plus tard auprès de Ninja, dit-il alors d'une voix tremblante d'indignation. Pour l'instant, allons-y !

Chapitre 16

La terreur qu'avait ressentie Hanae durant les premières heures de sa captivité s'était quelque peu dissipée à mesure qu'elle comprenait mieux les circonstances de sa séquestration. Elle se sentait également en bonne condition physique, car ses ravisseurs n'avaient de toute évidence aucune intention de la priver de nourriture ni de boisson. Mais l'élément essentiel qui entretenait son moral résidait dans le fait qu'elle percevait de nettes tensions entre ses deux geôliers.

L'homme qui, au début, l'avait terrifiée en surgissant dans l'obscurité avec une cagoule sur la tête n'avait toujours pas dévoilé son visage, mais c'est avec un immense soulagement qu'Hanae avait constaté, au fil des heures qui avaient suivi sa seconde reprise de conscience, qu'il ne pouvait s'agir de Kimura, et que la voix rauque avec laquelle il parlait lui était naturelle.

Bien que le petit salon soit obscurci par de lourds rideaux, ils laissaient filtrer assez de lumière pour qu'Hanae estime au milieu de matinée le moment où la femme qui l'avait chloroformée pénétra dans la pièce. Elle aussi portait une cagoule de tissu sombre, mais cela lui conférait un aspect plus ridicule que sinistre.

Ecartant la cagoule, elle chuchota quelques mots à l'oreille de l'homme, tandis qu'Hanae retenait son souffle pour tenter de saisir quelques bribes. Elle avait passé la demi-heure précédente à tenter de percevoir du bruit au-dessus ou au-dessous de la pièce où elle se trouvait, décidée à jouer son va-tout en hurlant au secours, même si elle devait être maîtrisée et bâillonnée aussitôt. Mais elle n'avait toujours rien entendu.

Soudain ce fut trop tard. L'homme se leva brusquement, marcha sur elle et lui appliqua une main sur la bouche. Hanae poussa un gémissement étouffé puis, enfonçant ses dents dans la chair, eut la satisfaction d'entendre son ravisseur grogner de douleur. Mais la femme se précipita pour aider son complice, et Hanae se retrouva bâillonnée avec un de ces carrés de soie qu'on utilise pour envelopper les cadeaux. Malgré l'horrible sensation du tissu qui lui râpait la langue et lui déchirait les coins de la bouche, le regret fugace de voir gâcher un si beau tissu traversa pourtant son esprit. Puis on lui tira les bras en arrière et on lui ligota les poignets avec un autre coupon de *furoshiki*.

Hanae comprit bientôt la raison de ces mesures lorsque l'homme quitta la pièce, la laissant à la garde de la femme, qui sembla penser qu'une explication s'imposait. Elle commença même par formuler des excuses.

— Je suis désolée, vous savez, dit-elle de la même voix élégante et cultivée, quoique un peu moins assurée, qu'elle avait eue la veille au soir sur le seuil de la maison de Rokko. Nous ne pensions pas qu'il nous faudrait vous retenir ici aussi longtemps. Dites-moi simplement où est le netsuke. Une fois que nous l'aurons récupéré, vous serez libre. (Hanae roula des yeux d'un air impuissant. La pièce était suffisamment éclairée pour que l'expression de son visage soit visible, et la femme poursuivit.) Nous vous avons mis un bâillon pour que vous sachiez ce qui vous arrivera si vous tentez de crier ou d'attirer l'attention d'une manière ou d'une autre. Je vous l'ôterai pour vous permettre de parler si vous promettez de ne faire aucun bruit. Hochez la tête si vous êtes d'accord.

Aussitôt Hanae hocha vigoureusement la tête. C'était la première fois depuis l'école qu'elle était soumise à une violence physique, et elle recommençait à sentir son estomac se soulever. Même à ce point déroutée par les événements effrayants qui se succédaient depuis la veille, elle avait gardé assez de lucidité pour être frappée par la naïveté de cette femme, qui paraissait croire qu'Hanae pouvait, sous une telle contrainte, donner sa parole et s'y tenir. Pourtant, la femme défit le tissu et Hanae avala goulument de grandes bouffées d'air.

Puis elle retrouva sa voix qui, enrouée par le bâillon, lui permit de paraître encore plus convaincante.

— J'ai déjà dit et répété à votre ami que je ne connais absolument rien aux netsuke. Je ne comprends pas pourquoi vous me faites subir tout ceci, ni ce que vous voulez. Détachez-moi les bras, je vous en prie. Je me sens mal et vous comprenez bien que je ne peux rien faire contre vous. Et puis… j'ai soif et…

Seuls ces derniers mots étaient sincères, et les lèvres d'Hanae se mirent à trembler. Les larmes qui lui étaient montées plusieurs fois aux yeux inondèrent ses joues et sa gardienne, touchée, lui détacha les poignets.

A mesure que s'écoulait la journée et que la pièce sombrait de nouveau dans l'obscurité, une sorte d'étrange camaraderie s'installait entre les deux femmes. Hanae fut autorisée à se préparer du café instantané et quelques toasts beurrés, qu'elle parvint à ne pas vomir. Plus tard elle put même faire bouillir de l'eau et la verser sur des nouilles déshydratées qu'elle mangea dans leur récipient en plastique. La femme encagoulée la regarda faire, mais ne mangea rien. Gênée par cette cagoule, Hanae lui proposa timidement de l'enlever pour pouvoir manger, en lui faisant remarquer que de toute façon elle avait déjà vu son visage la veille et qu'elle n'était pas prête de l'oublier. Tout en disant ces mots, Hanae réalisa qu'elle aurait mieux fait de faire croire le contraire, d'autant que sa proposition n'eut d'autre effet qu'un raidissement passager des manières de la femme à son égard.

Elle autorisa toutefois Hanae à utiliser la salle de bains en toute intimité, avant de lui ordonner de retourner dans la chambre. Le temps s'écoulait de manière étrangement élastique. Dans l'après-midi, chaque quart d'heure lui avait paru une éternité, alors que dans l'obscurité de la chambre, elle sombra presque aussitôt dans un profond sommeil, mais crut se réveiller, saisie de terreur, quelques minutes plus tard, alors qu'il faisait déjà jour. Sa faiblesse lui causait une sorte de froid intérieur, mais ses nausées avaient disparu.

En émergeant de la chambre d'un pas mal assuré, Hanae éprouva une joie brève et intense en croyant se retrouver seule, mais elle fut repoussée dans son vertige d'angoisse en voyant l'homme surgir de la cuisine en ajustant la cagoule sur sa tête. Il s'arrêta à quelques pas d'Hanae, qui s'était immobilisée en le voyant. Le sinistre crâne aux orbites aveugles se balança un instant d'un air songeur, comme s'il se demandait avec cynisme quelle attitude, de la douceur ou de la dureté, serait la plus efficace. Il opta apparemment pour la première.

— Vous pouvez aller à la cuisine, dit l'homme. Mangez et buvez. Et ensuite parlez.

Ce n'était, une fois encore, que du café accompagné de toasts, mais Hanae éprouva un regain d'énergie lorsque, quand elle eut terminé ce frugal petit déjeuner, elle obtempéra au geste de l'inconnu lui enjoignant de rejoindre le fauteuil où elle s'était assise la veille. A mesure que se répétaient les mêmes questions inquisitoriales, elle répondit avec plus d'assurance, et même de défi. Jusqu'à ce qu'elle remarque les mains de son interlocuteur : ses doigts, comme animés d'une vie propre, semblaient avoir hâte de se jeter sur elle. Hanae sentit à nouveau la peur l'envahir, et ce fut avec soulagement qu'elle entendit une clé tourner dans la serrure, et la femme faire son entrée.

Ses deux ravisseurs gagnèrent un coin de la pièce et, s'entretenant à mi-voix, discutèrent avec animation. Quand l'homme revint vers Hanae, son attitude avait quelque chose de menaçant, mais elle avait trop peur pour ébaucher la moindre résistance lorsqu'il lui ligota à nouveau les bras dans le dos avant de la laisser une fois de plus à la garde de sa compagne. Dix minutes à peine après son départ, la femme eut un geste d'exaspération et libéra Hanae. Cette fois-ci, par prudence, Hanae joua le rôle de la prisonnière passive, intimidée et désorientée.

A une ou deux reprises durant cette deuxième interminable journée, Hanae crut entendre du bruit à l'étage en dessous, mais sans certitude suffisante pour se décider à hurler. D'ailleurs, vu la façon dont ils allaient et venaient sans problème apparent, ses ravisseurs avaient probablement des complices dans l'immeuble.

De temps à autre, mais avec une réticence semblant indiquer que c'était par simple obéissance à des consignes qu'elle désapprouvait, la femme revenait au netsuke, utilisant un éventail de moyens de persuasion allant du raisonnement amical aux pures menaces. Ces dernières n'avaient d'ailleurs aucun effet sur Hanae, bien moins en tout cas que les techniques d'intimidation de l'homme en cagoule. Toute la journée, elle garda son attitude d'ignorance ahurie, et l'interrogatoire lancinant finit par cesser. Hanae resta prostrée dans le fauteuil du salon, encouragée de constater que la femme paraissait non seulement très fatiguée, mais aussi de plus en plus nerveuse et inquiète. Tout se passait comme si les cartes avaient changé de main, et que c'était à présent Hanae qui surveillait sa geôlière.

Hanae s'efforça d'oublier sa situation fâcheuse et réfléchit au comportement de cette femme. Le premier soir, lorsqu'elle s'était lancée dans une entreprise dont Hanae était de plus en plus convaincue qu'elle lui était étrangère, elle avait joué à la perfection son rôle de quêteuse au profit de la société d'Aide aux handicapés coréens. Hanae ignorait si une telle société existait, mais c'était tout à fait plausible. L'aisance et l'autorité avec lesquelles elle avait assumé ce rôle étaient de toute évidence le résultat d'une excellente éducation, ce qui semblait écarter l'hypothèse d'une criminelle endurcie. Du fait qu'elle s'intéressait à l'actualité et que quelques années auparavant, elle avait sincèrement tenté de comprendre les motivations politiques de sa fille Akiko, Hanae savait que l'extrémisme, et même le terrorisme, attiraient curieusement aussi bien les femmes que les hommes, et même les femmes de la bourgeoisie. Pourtant, l'énigmatique affaire du netsuke ne semblait pas avoir de connotation politique, et la femme qui la séquestrait n'avait ni l'attitude ni le langage d'une activiste militante.

Bien que dans l'impossibilité de voir ses traits, Hanae l'observait à travers la fente de ses yeux mi-clos, et déduisait, de la nervosité qu'elle manifestait, l'impatience qui devait marquer son visage soigné. La femme en effet consultait sans arrêt sa montre, et son corps exprima un très perceptible soulagement lorsque des pas gravissant des marches se firent entendre à l'extérieur, s'approchèrent de la porte, et que l'homme rentra dans l'appartement, arrangeant de nouveau autour de sa tête la cagoule dont il venait de se recoiffer. Cette fois, il ne fit aucun effort pour empêcher Hanae d'entendre ce qu'il avait à dire à sa complice.

— Pourquoi l'as-tu détachée ? demanda-t-il d'une voix épaissie par la colère. Comment sais-tu qu'on peut lui faire confiance ?

Pour la deuxième fois, Hanae remarqua avec amusement qu'on semblait la croire capable dans son épreuve d'obéir à des considérations morales identiques à celles prévalant dans des conditions normales.

Son amusement fut pourtant de courte durée, vite remplacé par une rage impuissante quand l'homme s'approcha d'elle pour la gifler violemment. Il la saisit alors sous les aisselles et l'extirpa sans ménagement de son fauteuil. Hanae aperçut un œil luisant par l'une des ouvertures de la cagoule, mais la tête se détourna aussitôt et l'homme ordonna à la femme de lui apporter le bâillon. Hanae en était depuis longtemps arrivée à la conclusion qu'elle devait être sa femme, et la grossièreté de ses manières envers elle confirmait son hypothèse. Le visage brûlant et cuisant, Hanae se débattit faiblement tandis qu'on lui réappliquait le bâillon.

C'est alors qu'elle subit la pire des offenses. D'un geste brutal, l'homme écarta les pans du kimono d'Hanae et le baissa jusqu'à sa taille, lui dénudant entièrement la poitrine, puis lui attacha les mains dans le dos à l'aide des manches du vêtement. Hanae entendit la femme lâcher une exclamation indignée et bredouiller des protestations auxquelles coupa court un ordre sec de son mari. Pour une femme de la génération d'Hanae, accoutumée tout au long de son enfance et même de sa puberté à se déshabiller en présence d'hommes dans les bains communaux, la nudité n'était pas en elle-même scandaleuse. Même à l'époque contemporaine, se montrer nu en famille était parfaitement banal, même si les anciens bains mixtes des stations thermales avaient presque disparu depuis l'occupation américaine.

Cela faisait des années qu'Hanae ne s'était pas dénudée devant un autre homme que son mari. Non qu'elle ait eu honte de son corps qui, malgré un ou deux kilos superflus, avait gardé toute sa fermeté, mais ce qui la choquait et l'outrageait, c'était le fait d'être déshabillée de force, car cet acte est, dans la mentalité japonaise, automatiquement associé à la violence, à la cruauté et au viol. Contrairement à certaines femmes occidentales dont il était question dans les romans policiers dont se délectait Otani, Hanae répugnait à l'idée d'être déshabillée par un homme, et n'imaginait pas une seule Japonaise penser différemment.

A demi-étouffée par le bâillon qui lui entravait la bouche, le visage picotant de douleur, dégoûtée par le traitement auquel on la soumettait, Hanae se recroquevilla sur elle-même, malade de rage et d'angoisse. La femme tenta une nouvelle fois d'intervenir, mais son mari, non content de la rabrouer, la frappa si violemment qu'elle en chancela. Pendant quelques secondes un silence tendu s'installa, puis l'homme parut reprendre contrôle de lui-même. Il fit un pas en direction d'Hanae, qui se raidit un peu plus, hoquetant derrière son bâillon. Mais il ne la toucha pas, lui parlant au contraire d'une voix presque douce, ce qui rendit ses paroles encore plus terrifiantes.

— Ecoutez-moi bien, fit-il. C'est la dernière fois que je vous le répète. *Je veux ce netsuke*. Si vous ne savez pas où il se trouve, votre mari le sait. Je vais maintenant vous faire enregistrer un court message à son intention. Vous allez lui dire que si le netsuke ne m'est pas rendu très vite, je lui ferai une description détaillée de votre corps et lui expliquerai ce que j'ai l'intention d'y faire. Si le netsuke est chez vous, je veux que vous m'indiquiez exactement où. Vous direz à votre mari de faire cesser toute surveillance policière de votre domicile pendant que j'enverrai quelqu'un le chercher. Si vous m'avez dit la vérité et que vous ignorez effectivement où il se trouve, alors vous devez faire comprendre à votre mari qu'il doit le livrer à l'endroit que je lui indiquerai. Ne doutez pas un instant de mon intention de faire ce que j'ai dit. Vous devez comprendre que si je n'obtiens pas ce que je vous demande dans le délai imparti, vous allez souffrir. D'une façon que ni vous ni lui n'oseriez imaginer.

La voix poursuivit encore un instant ses menaces. Hanae était au bout de l'angoisse, tout son corps frissonnant d'une terreur presque animale.

Quand l'homme en eut terminé, la femme intervint.

— Il fera ce qu'il dit, croyez-moi, fit-elle d'une voix posée qui persuada Hanae qu'il était inutile de résister plus longtemps.

Sentant qu'il avait fini par la faire plier, l'homme lui demanda d'un ton presque désinvolte si elle était prête à coopérer. Hanae hocha la tête d'un air abattu, et il dénoua le bâillon tandis qu'elle s'efforçait d'empêcher ses seins d'effleurer ses vêtements.

Il n'essaya toujours pas de la toucher, mais, d'après les mouvements de la cagoule, elle comprit que son ravisseur la détaillait du regard avant de se diriger rapidement vers un placard dans un coin de la pièce, d'où il rapporta un petit magnétophone à piles.

— Savez-vous où est le netsuke ? demanda-t-il.

Hanae acquiesça d'un hochement de tête, la gorge sèche et les lèvres irritées.

Il sortit un calepin et un stylo à bille de sa poche.

— Très bien. Je veux d'abord que vous me disiez exactement où il se trouve, et ensuite j'écrirai ce que je veux que vous disiez. (Il alluma une lampe de bureau et s'installa pour écrire.) Non ! cria-t-il à l'autre femme. Ne la détache pas. Elle aura ainsi un avant-goût de ce qui l'attend au cas où elle essaierait de nous tromper. (La femme s'écarta à contrecœur d'Hanae, qui lui jeta un regard de triste gratitude. Puis l'homme s'adressa d'un ton solennel à Hanae comme à un témoin devant un tribunal.) Quel est l'endroit précis où se trouve le netsuke ?

Marquée dans son corps et malade de terreur à l'idée de ce que cela risquait de lui coûter, Hanae lui débita un convaincant chapelet de mensonges.

Chapitre 17

Otani était dans un état d'esprit tel qu'il lui était impossible de réfléchir rationnellement, et il ne songea pas un instant à s'excuser auprès de Noguchi, qui, à la suite d'Otani et de Kimura, dégringolait l'escalier en balançant son gros crâne de taureau blessé. Le commissaire, après avoir accumulé les soupçons, en était arrivé à une conviction si monstrueuse à son égard que la brève mais violente altercation qui venait d'avoir lieu dans son bureau n'avait fait que désamorcer sa rage meurtrière, le laissant hébété et vidé. Cependant, malgré le désordre de son cerveau, un reste de bon sens l'empêchait de contester à Kimura la direction des opérations dont celui-ci venait de s'emparer d'autorité.

Migishima les attendait dans l'entrée, et une voiture de patrouille était garée devant la porte, gyrophare rouge en marche. Ce n'était pas la voiture d'Otani, et le conducteur n'était pas Tomita : quoique compréhensibles, ces dérogations à l'ordre habituel des choses renforcèrent le sentiment d'Otani d'être le jouet des circonstances. Une partie de lui-même s'en offusquait, mais il se laissa pousser sans résistance sur la banquette arrière, coincé entre Kimura et la masse imposante de Noguchi, tandis que Migishima s'installait à côté du chauffeur.

Il était vingt et une heures et le quartier nocturne de Kobe était en pleine activité. Tandis que Kimura et Noguchi discutaient entre eux et que Migishima, à demi-tourné vers eux, tendait l'oreille, Otani éprouva un étrange sentiment de détachement. Il entendit Kimura ordonner au chauffeur de ne pas faire usage de la sirène, le gyrophare suffisant à écarter taxis et véhicules privés devant la Toyota Police Special qui les transportait.

Lorsque la voiture tourna dans la grande rue proche du temple Ikuta, un calme rêveur envahit Otani, qui remarqua qu'un festival était en train. Le bruit des gongs couvrait le brouhaha du trafic, et leur chauffeur dut zigzaguer pour éviter une procession d'enfants en courtes tuniques de coton portant le nom du temple brodé en larges caractères chinois. Derrière eux venaient une douzaine de jeunes gens arborant les mêmes *happi* mauve, noir et blanc passés sur de courts pantalons blancs moulants, qui transportaient, hissée sur deux longues hampes de bois, une maquette du temple de la taille d'une caisse de thé, délicatement sculptée et dorée. Bien que forts capables d'en supporter le poids sans difficulté, ils faisaient mine de peiner, ployant l'échine et menaçant de tout lâcher, vacillant de droite à gauche comme s'ils allaient s'écrouler sur les premières rangées de spectateurs qui manifestaient d'un air ravi leur admiration pour leur robustesse. Dans son enfance, Otani avait participé à de telles cérémonies, où les porteurs démontraient leur bravoure en acceptant la lourde tâche de promener dans les rues la divinité tutélaire shintoïste du quartier. Cependant, quand il avait atteint l'âge de porter lui-même le tabernacle, l'approche de la défaite du Japon avait quelque peu éclipsé ces divertissements.

Le contraste entre l'ambiance médiévale de la procession et les boutiques et restaurants modernes qui bordaient la rue, presque tous ouverts et bondés malgré l'heure tardive, n'avait rien d'étonnant pour des Japonais, et les policiers entassés dans la voiture ne jetèrent qu'un coup d'œil distrait au spectacle. Poursuivant leur route le long de la ligne de chemin de fer aérienne qui divise Kobe d'est en ouest, l'élégant quartier qu'ils venaient de traverser laissa peu à peu la place à une suite de restaurants de plus en plus miteux, à des salles de *pachinko* et à des bars bruyants dotés d'enseignes criardes représentant des hôtesses à peine voilées de lingerie transparente. Pour trois mille yen, l'amateur pouvait se réserver les attentions quasi exclusives de l'une d'entre elles, le temps de boire une bière en grignotant une poignée de cacahuètes, et se croire sultan pendant une demi-heure. Plus loin s'alignaient bains turcs et cinémas « roses ». La voiture fut immobilisée devant l'un d'eux, et Otani frissonna d'effroi lorsque son regard tomba sur les photos exposées à l'extérieur. Le film présenté, tout comme ceux annoncés prochainement, semblaient n'être qu'une suite de scènes de sadisme sexuel, et, alors qu'il entendait à nouveau la voix épaisse et sensuelle de l'homme qui lui avait parlé au téléphone, il détourna vivement les yeux de la photo d'une jeune fille ligotée dont le visage terrifié semblait supplier l'homme à lunettes qui tendait une main avide vers un de ses seins au téton dressé.

Un goût amer lui envahit la gorge et, tandis que la voiture redémarrait, il se tourna vers Kimura, qui lui adressa la parole pour la première fois depuis leur départ de la préfecture.

— Ne vous inquiétez pas, chef, dit-il. (En constatant que Kimura retrouvait enfin son ton familier, Otani eut l'impression d'être réadmis au sein de la société des êtres normaux.) Nous avons tout fait pour ne pas donner l'alarme. Un des hommes en civil de Ninja surveille l'endroit et nous allons bientôt laisser la voiture. Nous avons de la chance : juste à côté de l'immeuble se trouve un petit bar dont le propriétaire doit une faveur à Ninja.

Otani avait entendu si souvent la même phrase qu'il ne s'en étonna pas. Kobe semblait abriter une infinité de marlous qui devaient tous une petite faveur à Ninja. Otani resta silencieux, se contentant de hocher la tête en fixant Kimura. Celui-ci parut rassuré par ce qu'il lut dans le regard du commissaire, et personne ne prononça un mot durant les dernières minutes de la course. La voiture se faufila dans des rues de plus en plus sombres et s'arrêta finalement à côté d'un bulldozer perché sur le tas de décombres d'un chantier de démolition, entre une antique échoppe de riz et une petite boutique ouverte sur la rue, qui fabriquait les fleurs en papier et les serpentins dont on ornait la façade des restaurants de seconde zone lors de l'inauguration, et qu'on ne retirait que lorsqu'ils tombaient en lambeaux.

Tout le monde, sauf le chauffeur, sortit de la voiture, et une silhouette surgie de derrière le bulldozer s'approcha de Noguchi. C'était un homme mince au visage en lame de couteau, portant, comme beaucoup de travailleurs manuels, en particulier ceux du bâtiment, une culotte courte et des sandales à semelles de caoutchouc pourvues d'une bande de cuir autour du gros orteil. Après avoir échangé quelques mots à voix basse avec Noguchi, l'homme s'éloigna du côté du magasin de riz, lequel, mi-ouvert mi-fermé, était éclairé par une unique ampoule nue de faible voltage. Le propriétaire, qui lisait une bande dessinée obscène au milieu de gros sacs de riz et de sachets en plastique de quatre kilos prêts à la vente, leva les yeux d'un air désœuvré lorsque les quatre hommes emboîtèrent le pas à leur guide, puis reprit sa lecture.

Ils se trouvaient à présent de l'autre côté de la voie ferrée, dans un des quartiers les plus pauvres de la ville. Il y avait bien dans le secteur quelques auberges minables qui accueillaient les prostituées les moins reluisantes et leurs clients, mais elles étaient loin d'égaler la prétention babylonienne du Fantasia Hotel, avec son équipement vidéo et ses lits rotatifs. Les petits hôtels, les bars et autres bouis-bouis du quartier ne faisaient pas assez d'argent pour intéresser les organisations criminelles, et il subsistait même ici et là quelques ruelles paisibles.

L'agent de Noguchi les emmena justement dans une de ces petites rues, bordée de petites maisons en bois d'un étage, au milieu desquelles émergeait une construction en béton d'aspect plus massif pourvu au niveau de la rue de portes au cadre métallique, à présent bouchées par des volets derrière lesquels ne filtrait aucune lumière. Le rez-de-chaussée était une boutique, dont la devanture était surmontée de l'enseigne BOUTONS NANIWA, qui précisait également que la maison fournissait mercerie et accessoires de fantaisie à l'industrie de l'habillement. L'étage, auquel on accédait par une porte latérale, semblait occupé par les quartiers d'habitation. Un rai de lumière brillait à une fenêtre. A part le bar à saké contigu qu'avait mentionné Kimura, il n'y avait qu'une ou deux boutiques dans la ruelle obscure. Seule une droguerie était encore ouverte, sur laquelle veillait une vieille femme entourée d'un bric-à-brac d'énormes paquets de lessive, de seaux, de balais et d'un tuyau d'arrosage en plastique bleu vif enroulé sur un dévidoir en carton. Ses yeux noirs détaillèrent le petit groupe qu'elle regarda passer en marmonnant dans sa barbe.

D'un geste, Noguchi leur indiqua sur le trottoir opposé un étroit passage d'où ils pourraient observer le bâtiment sans être vus, et ils se fondirent dans l'ombre, sauf Migishima qui fut chargé d'éloigner un garçonnet en chemise rayée portant une casquette ornée de l'inscription Apollo Space Mission, et qui observait leur manège d'un air grave.

Pendant leur attente, Noguchi jeta à plusieurs reprises un regard méfiant à Otani, mais le commissaire paraissait tout à fait calmé. Si Migishima admirait le silence du commissaire, qu'il considérait comme une preuve supplémentaire d'expérience et qui renforçait son admiration envers lui, Kimura et Noguchi comprenaient bien qu'il agissait comme dans un rêve, restant passi-vement à l'endroit où on lui disait de se mettre, tel un homme en transe catatonique.

A vrai dire, Otani avait l'impression que son cerveau s'était détaché de son corps. Scrutant le bâtiment situé à une trentaine de mètres d'où il se trouvait, il eut l'étrange conviction que s'il le voulait, il pourrait s'élancer dans les airs, pénétrer dans l'immeuble et en ressortir avec Hanae dans les bras. Mais il se ressaisit aussitôt, se frotta les yeux et tenta de comprendre ce que Noguchi expliquait à mi-voix.

Il ne saisit que la fin, d'où il ressortait que Migishima et Noguchi traverseraient le débit de saké afin de gagner l'arrière de la mercerie. Le coup de téléphone repéré par Noguchi avait été passé depuis le bar, grâce à un de ces points phones roses installés chez les boutiquiers dans les quartiers où les téléphones domestiques étaient rares. Noguchi précisa d'ailleurs, sans raison, qu'ils constituaient souvent une source non négligeable de bénéfices. Kimura et Otani surveilleraient la façade de l'immeuble, assistés par le faux ouvrier du bâtiment. Otani se demanda un instant s'il c'était un policier, mais l'homme, sans se présenter, se contenta de hocher la tête à l'adresse des deux officiers auxquels il se trouvait rattaché.

Noguchi et Migishima se mirent en route, et les trois autres les regardèrent traverser la rue déserte. Comme à son habitude, Noguchi se fondait parfaitement au décor, et sa grosse silhouette se faufila dans le bar comme s'il en était un habitué de longue date. A côté de lui, Migishima avait tellement l'allure d'un flic en civil qu'on aurait juré qu'il venait d'arrêter Ninja comme suspect, et Kimura se fit la réflexion qu'il devrait mettre une nouvelle fois les choses au point avec lui.

Durant les quinze à vingt minutes qui suivirent, Otani consulta sa montre une douzaine de fois. Sa lassitude laissa place à une fébrilité incontrôlable. A un moment, il frissonna si violemment que ses dents s'entrechoquèrent, mais il ressentit un réconfort inattendu lorsque Kimura lui prit le bras.

— C'est bientôt fini, chef, fit-il.

Otani hocha la tête en souhaitant qu'il ait raison. Son esprit était toujours très confus, mais, comme un moteur qui tousse, il se remettait de plus en plus fréquemment à fonctionner, et il sentait peu à peu le contrôle de soi lui revenir. Après avoir avalé sa salive, il parla pour la première fois depuis qu'ils avaient quitté la Préfecture.

— Si nous nous rapprochions de la porte latérale ? fit-il avec humilité.

Kimura secoua la tête avec fermeté.

— Inutile. Nous pouvons les arrêter d'ici, fit-il en jetant un coup d'œil par-dessus son épaule.

Otani suivit son regard et aperçut l'éclat mat d'un pistolet dans la main de leur acolyte.

— Pas question de tirer un seul coup de feu, Kimura ! martela-t-il d'un ton inquiet.

Mais déjà Kimura bondissait dans la ruelle, l'homme de Noguchi sur les talons.

Le temps qu'Otani rassemble ses esprits et se précipite à leur aide, la brève lutte avait pris fin, et Kimura avait emprisonné le cou de son adversaire dans une clé de judo. L'homme de Noguchi sautillait en jurant à mi-voix et en se massant la jambe droite, et ce fut Otani qui, sur injonction de Kimura, sortit une paire de menottes de la poche de ce dernier. Cela faisait très longtemps qu'Otani n'avait pas passer les bracelets à un suspect, et, lorsque Kimura eut forcé son prisonnier à s'agenouiller, c'est avec un sentiment de triomphe qu'il referma les anneaux sur ses poignets ramenés dans le dos. Otani remarqua sans plus d'émotion que, vu l'épaisseur des poignets, les menottes allaient mordre la chair. Puis il remarqua autre chose. L'homme qui grognait et haletait à ses pieds portait un costume sombre à rayures, qui même dans l'éclairage spartiate de la ruelle paraissait de la meilleure qualité, ainsi qu'un badge au revers de la veste. Ce n'est pas le fait en soi qui était remarquable, puisque, quand il était en civil, Otani lui-même exhibait avec fierté son badge du Rotary. Ses collègues du club auraient d'ailleurs été choqués s'il s'était présenté sans lui au dîner hebdomadaire du mardi. Les employés des entreprises japonaises les plus prestigieuses portent également le badge de leur société, et l'on voit quantité de logos Mitsubishi, Sumitomo, Mitsui ou autres dans les trains de banlieue. Lorsqu'un cadre d'une de ces entreprises atteint une position telle qu'il a l'honneur d'être admis au sein du très fermé Rotary Club, il doit certains soirs opérer un choix douloureux, et Otani en avait surpris plus d'un en train de changer subrepticement de badge à son arrivée au New Port Hotel pour la réunion du club.

Mais l'emblème épinglée au revers du prisonnier était encore plus remarquable. Assez grande, elle représentait un chrysanthème doré fixé sur un bouton de velours indigo, avec un court cordon de soie passant derrière le revers du costume. Si on pouvait voir des badges tels que celui-ci tous les jours aux informations télévisées, on en voyait beaucoup plus rarement dans la rue, car leurs propriétaires se déplaçaient en général dans de luxueuses voitures de fonction. C'était en effet le badge d'un membre de la Chambre des conseillers de la Diète nationale du Japon. L'individu qu'Otani et Kimura venaient d'arrêter ne pouvait être que Yoshihisa Yago.

De la porte conduisant à l'appartement du premier sortit alors Migishima, poussant d'un air embarrassé une femme qui, apercevant l'homme menotté à genoux dans la rue, s'effondra dans les bras du détective. Le garçonnet à la caquette Apollo Space Mission avait réapparu, et deux hommes pointaient à la porte du bar leur visage bouffi par le saké, contemplant la scène avec fascination. Kimura donna une série d'instructions, et Migishima, aidé par l'agent de Noguchi, mirent debout l'homme de la Diète et l'emmenèrent vers la voiture de patrouille, laissant la femme à la garde de Kimura.

— Deux autres voitures ! aboya celui-ci à l'adresse de Migishima. Une pour nous, l'autre pour le commissaire et Mme Otani.

A cet instant, une lampe s'alluma dans l'entrée latérale, révélant une volée de marches qui, chose inhabituelle au Japon, étaient recouvertes d'un tapis. Un instant plus tard, Noguchi descendit l'escalier, seul. Il s'approcha d'Otani avec une telle expression sur le visage que celui-ci jura plus tard à Hanae que son cœur s'était arrêté de battre. Mais bientôt un drôle de sourire fendit les traits tannés de son vieux collègue.

— Elle va bien, grommela Noguchi. Tu ferais mieux de monter.

Chapitre 18

— Je ne suis pas malade, tu sais, insista gentiment Hanae assise dans la pièce du bas de la maison de Rokko.

Elle avait ressenti un extraordinaire embarras lorsque l'inspecteur Noguchi avait déboulé dans le salon quelques secondes à peine après le fracas de verre cassé en provenance de la chambre. Puis Migishima avait surgi à son tour, et, après avoir jeté un coup d'œil à Hanae, avait rougi jusqu'aux oreilles avant de se lancer à la poursuite du ravisseur qui tentait de prendre la fuite tout en ôtant sa cagoule. Noguchi avait rappelé aussitôt Migishima et, après lui avoir confié la garde de la femme, avait détaché Hanae et lui avait remis le kimono sur les épaules en moins de temps qu'il n'avait fallu à la prisonnière pour réaliser ce qui lui arrivait. Une immense euphorie s'était alors emparée d'elle, et elle s'était mise à balbutier des remerciements, mais Noguchi s'était vivement détourné d'elle pour s'occuper de la ravisseuse, à qui il arracha sa cagoule.

Le visage de la pseudo-quêteuse de la société d'Entraide aux handicapés coréens était marqué par l'épuisement et le désespoir, et Hanae ressentit une bouffée de sympathie pour elle lorsque leurs regards se croisèrent avant que Migishima ne l'emmène, aussi inerte qu'une poupée de chiffon. Même alors, Noguchi avait ignoré Hanae, et plusieurs minutes s'écoulèrent tandis qu'il faisait le tour de l'appartement en allumant toutes les lumières. Il ouvrit tiroirs et placards, se livrant à une fouille rapide mais efficace. Puis, sans un mot, il quitta l'appartement. Hanae entendit d'abord ses pas lourds descendre l'escalier, puis, quelques instants plus tard, reconnut une démarche beaucoup plus familière, qui se fondit dans une explosion de mots tendres et de phrases inachevées bientôt noyées dans un flot de larmes brûlantes quand Otani referma ses bras sur elle et qu'elle-même le serrait comme une enfant.

A présent la tendre incompétence d'Otani la faisait sourire, tandis que la conscience d'être de retour dans son foyer l'inondait de chaleur. Il n'était pas très tard, à peine un peu plus de onze heures, et Hanae avait enfilé un yukata tout propre après un bon bain chaud et un tout simple repas de nouilles de sarrasin dans un potage au poulet qu'Otani avait tenu à préparer malgré ses protestations. Hanae n'osait imaginer dans quel état se trouvait la cuisine après son passage. Les nouilles de *soba*, trop cuites, étaient toutes molles, et le potage avait un goût très particulier. Otani y avait ajouté des poireaux, mais coupés si fins qu'il était presque impossible de les saisir entre les baguettes.

Quant à Otani, il retrouvait peu à peu figure humaine. Durant le trajet de retour à la maison avec Hanae pelotonnée dans ses bras, il avait été écrasé par la fatigue accumulée des derniers jours, même si une petite voix lucide à l'intérieur de son cerveau lui répétait que l'arrestation d'un membre de la Diète était une affaire très sérieuse qui allait demander le déploiement de toutes ses capacités professionnelles. Il n'était pas question de confier la conclusion de l'affaire à Kimura, malgré la révélation récente de son efficacité. Au cours des ans, Kimura avait commis trop de bévues et de gaffes en tout genre pour lui laisser le soin de débrouiller cet écheveau. Quant à Noguchi... Otani devait admettre qu'il s'était terriblement trompé dans son interprétation de cette partie-là du puzzle, même si elle devait encore être soumise à un examen approfondi avant qu'il puisse de nouveau accorder à son subordonné toute son ancienne confiance.

Hanae ne paraissait pas avoir souffert. Pas physi-quement en tout cas. Otani l'avait lavée lui-même quand ils étaient rentrés à Rokko, lui frottant si doucement la peau qu'elle avait failli s'endormir sous les caresses de l'éponge. Ses poignets étaient écorchés et elle avait une vilaine marque sur le visage, mais, à part ça et les cernes sombres qu'elle avait sous les yeux, elle ne portait aucune trace de mauvais traitement.

Il brûlait de lui poser mille questions sur son calvaire, mais tout le professionnalisme d'Otani s'évanouit en lui lorsqu'il fut assis à son côté sur le tatami, la fatigue lui faisant dodeliner de la tête tandis que les vagues de soulagement le submergeaient. Il lui était impossible de calculer, même approximativement, à combien de centaines d'heures d'interrogatoire il s'était livré au cours de sa carrière, et il lui était arrivé plus d'une fois, quand il sondait l'esprit d'un témoin ou d'un suspect, d'en oublier de manger ou de dormir. C'était un travail dans lequel il excellait. Même pour quelqu'un issu d'une culture où tout le langage et le conditionnement psychologique encouragent l'allusion, l'insinuation et la dérobade, le talent délicat dont était capable Otani pour tourner autour d'un sujet et l'éclairer alternativement sous différents angles était remarquable.

Cependant, confronté à la perspective de demander à sa femme ce qui lui était arrivé depuis quarante-huit heures, Otani sentait toute assurance le quitter. Le fait que les épreuves subies par Hanae aient un rapport avec une complexe enquête criminelle comportant des implications politiques ajoutait encore à la confusion de son esprit. Il avait suffisamment recouvré de sens rationnel pour réaliser que, dangereusement prêt de s'abîmer dans la déraison, il n'en avait été préservé que grâce au professionnalisme et à la loyauté de Kimura. Il aurait voulu pouvoir penser la même chose de Noguchi.

Au bout d'un moment, après avoir souri d'un air stupide à Hanae pendant qu'elle recherchait une position plus confortable, il finit par lui répondre.

— Peut-être pas. Mais tu as traversé une expérience terrible. Demain, quand tu seras reposée, il faudra que tu me racontes tout ce qui t'est arrivé.

Hanae hocha tranquillement la tête.

— Est-ce vraiment avant-hier que tu es parti à Tokyo ? J'ai perdu toute notion du temps.

Otani consulta sa montre.

— Oui, avant-hier. Il est onze heures passées. C'est à peu près à cette heure-ci que j'ai essayé de t'appeler et que j'ai commencé à paniquer en ne te trouvant pas.

— Tu croyais que j'étais partie avec un pêcheur ? fit Hanae avec un petit sourire.

C'était là une plaisanterie japonaise traditionnelle, et elle se souvint brusquement quelle avait été sa surprise quand elle avait appris par ses amies du cours de cuisine de l'YWCA que c'étaient les laitiers qui avaient cette réputation-là en Angleterre. Il était déjà difficile d'imaginer que des gens exercent cette profession, alors de là à imaginer qu'ils puissent mener une vie sexuelle débridée…

Otani se sentit rougir et espéra qu'Hanae ne le remarquerait pas.

— Non, pas avec un pêcheur, répondit-il avec franchise.

Hanae se laissa aller en arrière et ferma les yeux.

— Oui, bien sûr. Tu n'aurais jamais pensé que c'était un politicien qui voulait poser ses sales pattes sur moi.

Avant même d'avoir fini sa phrase, Hanae se demanda quelle perversité la poussait à taquiner, même pour rire, son pauvre mari épuisé. Peut-être le fait que les deux derniers jours aient tellement bousculé sa routine, agréable mais parfois pesante, la poussait-elle à désirer qu'Otani la considère désormais comme une personne à part entière, et non plus comme une partie de « l'intérieur de la maison », comme disent les époux japonais en parlant de leur femme. Elle avait grandement apprécié sa conversation au café avec Kimura, dont le contact des doigts sur son bras l'avait troublée à un point qu'elle n'aurait pu imaginer. Et même plus tard, malgré sa terreur et sa répulsion, elle ne pouvait nier avoir ressenti une certaine excitation à se trouver soumise, demi-nue, aux gestes brutaux de l'homme en cagoule...

Otani se redressa d'un bond.

— Est-ce qu'il… ? Je veux dire, est-ce que tu… ? bredouilla-t-il.

Hanae rouvrit les yeux et s'aperçut qu'il était tout rouge. Elle se laissa attendrir, un peu.

— Avec sa femme dans la pièce ? C'était difficile…

Otani eut la douloureuse impression qu'elle avait certes répondu à sa question implicite, mais sans pour autant dissiper ses appréhensions sur les intentions réelles du politicien, ni sur la réaction d'Hanae au cas où la situation aurait été différente, et il insista avec une certaine rudesse.

— Tu veux dire que si sa femme n'avait pas été là, tu aurais pu… tu ne veux pas dire que tu le connaissais déjà, n'est-ce pas ?

Le visage d'Hanae se figea durant quelques secondes, puis elle répondit d'un ton badin.

— Eh bien, après tout, je ne portais pas grand-chose, n'est-ce pas ? J'ai eu l'impression qu'il ne me trouvait pas hideuse… et quoi que tu puisses en penser, c'est un homme d'une certaine envergure…

Stupéfait, Otani la considéra avec horreur et le bien-être qui commençait à l'envahir vola en éclats. Pour la première fois depuis qu'il la connaissait, il fut saisi d'une terrible envie de la frapper.

Hanae sentit qu'elle était allée trop loin. Elle rejeta la couverture qu'Otani lui avait passée autour des épaules et se jeta dans ses bras en le serrant très fort.

— Oh, grand idiot ! Tu ne vois donc pas que je te taquine ? Il était repoussant, je ne l'avais jamais vu de ma vie et j'étais absolument terrifiée…

Otani l'enlaça et ils se confondirent en excuses réciproques jusqu'à ce que la crise soit passée. Puis il la repoussa et, la tenant à bout de bras, la regarda droit dans les yeux.

— J'ai failli te frapper, avoua-t-il.

— Je sais. Nous nous comportons comme deux adolescents romantiques et non comme un couple raisonnable. Mais les grands-mères respectables ne se font pas kidnapper tous les jours... Pardonne-moi d'essayer de le prendre avec humour.

La fatigue d'Hanae parut s'évanouir d'un coup, et ses yeux prirent un éclat brillant.

— Est-ce que tu réalises, dit-elle, que tu ne m'as rien demandé sur le netsuke ? Tu t'inquièterais donc plus de moi que de ton travail ?

Malgré l'effort qu'il lui fallut accomplir pour ramener son esprit à la difficile enquête en cours, le plaisir évident qu'il lut sur son visage suffit à rassurer Otani, puisque Hanae ne manifestait apparemment aucune inquiétude quant au sort de la singulière petite sculpture qui en était la cause. Il hocha la tête.

— Je me sentais bien trop fatigué pour me préoccuper de ce satané netsuke. Mais puisque tu en parles… Où est-il ?

En dépit de son allégresse, Hanae comprit que le temps des taquineries était passé.

— Je vais le chercher, dit-elle en disparaissant dans la cuisine.

Elle en revint bientôt, portant un pot de confiture d'oranges d'importation encore tout froid du réfrigérateur, une fourchette et une soucoupe.

— J'aurais dû m'en douter, fit Otani avec une petite grimace.

Il dévissa le couvercle et enfonça la fourchette dans la confiture. Le pot étant plein aux deux tiers, le netsuke était noyé dans la confiture, protégé par le sachet en plastique dans lequel l'avait glissé Hanae. Il le repêcha, ouvrit le sachet avec la fourchette et deux de ses doigts, qu'il lécha d'un air absent tout en contemplant la petite Clio posée sur l'assiette au milieu des taches de confiture d'oranges britannique.

— Quel qu'ait été mon sort, tu aurais fini par le trouver, déclara Hanae avec fierté.

— Jolie cachette, fit Otani avec conviction. Il y a bien un policier en faction devant la porte, mais je crois que nous allons emmener la petite dame au lit avec nous pour plus de sécurité. Tu veux que je te porte jusqu'à la chambre ?

Hanae secoua la tête.

— Je ne veux pas que tu aies une crise cardiaque, surtout pas ce soir, dit-elle avant de lui décocher un sourire espiègle. Et puis je me sens tout à fait réveillée, maintenant…

Chapitre 19

De la mercerie, Kimura et Noguchi regagnèrent à pied la grande avenue à travers les étroites ruelles. Le temps était toujours aussi splendide, et le grand ciel bleu embellissait quelque peu les petites rues sales qu'ils traversaient. Kimura renifla d'un air gourmand.

— Tu ne sens pas une odeur de curry ? fit-il. Si nous allions manger ? J'ai une faim de loup.

Le visage de cuir tanné de Noguchi resta impassible, mais il grommela son accord et guida son ami jusqu'à un petit restaurant. La porte coulissante était ouverte, et ils se glissèrent entre les pans du rideau de coton bleu sombre qui pendait devant l'entrée. La salle, étonnamment propre, ne comportait que trois tables en formica, avec chacune une chope contenant des paires de baguettes neuves en bois dans leur emballage de papier, un petit présentoir à cure-dents et un flacon de sauce de soja. Dans un coin, perché sur une haute étagère, l'inévitable téléviseur crachotait et couinait. Des affichettes manuscrites indiquaient que le menu se limitait à du riz au curry ou à du riz frit à la chinoise. Il était onze heures et quart, trop tôt pour déjeuner, même pour le Japon, de sorte qu'ils se trouvaient seuls dans la salle. Après leur avoir versé, sur de hautes collines de riz blanc, de généreuses parts d'un énigmatique curry et leur avoir servi deux bières, la patronne se retira dans l'arrière-salle tandis que les deux hommes s'emparaient de leur cuillère en fer-blanc enroulée dans une mince serviette en papier et s'attaquaient à leur repas.

— Curieux qu'une femme aussi riche loue un appartement dans un quartier pareil, remarqua Kimura en emplissant leurs verres.

Noguchi but une grande gorgée de bière et rota d'un air satisfait.

— Le propriétaire est blanc comme neige. Aucun lien avec Yago. Il a mis son appartement à louer… tout ce qu'il y a de plus normal, par une agence. Loyer élevé pour le quartier. La femme se présente, on se met d'accord, avec une avance en liquide, elle dit qu'elle a besoin d'un endroit pour rencontrer son amant de temps en temps. Très pratique, comme dit le proprio.

Kimura approuva d'un hochement de tête.

— Oui, ça tient debout. Et d'ailleurs, tu m'as dit que tes indics dans le quartier confirmaient que c'est bien ce qu'elle faisait. Depuis combien de temps ça dure, plus d'un an, non ?

— Ouais. Deux fois par semaine en moyenne. Mais c'est idiot quand on y pense. Ça aurait été plus économique d'aller à l'hôtel.

Malgré des gestes d'une apparente lenteur, Noguchi engloutissait son curry avec une extraordinaire rapidité, et il le termina avant que Kimura ait mangé la moitié du sien. Noguchi s'installa confortablement sur sa chaise, son verre de bière à la main, et écouta Kimura qui échafaudait sa théorie entre deux bouchées.

— D'après moi, son mari a découvert le pot aux roses à peu près au moment où le Vieux a annoncé qu'il avait trouvé le netsuke. C'est pour ça qu'il n'a rien fait contre sa femme. Il a préféré la faire chanter, en l'obligeant à participer à l'enlèvement de Mme Otani et à lui prêter l'appartement pour la séquestrer. Si c'est lui qui a tué la Philippine, il était prêt à aller jusqu'au bout.

— Oui, fit Noguchi.

— Oui quoi ?

— C'est bien lui qui a tué la Ventura.

Kimura posa sa cuillère et repoussa son assiette.

— J'aimerais en être aussi sûr que toi. Le jeune Migishima a fait du bon travail de recherche sur les relations d'affaires de Yago. Il a effectivement de l'argent dans le Love Box Cabaret, mais ses liens avec l'hôtel sont beaucoup moins évidents…

Il s'interrompit en voyant Noguchi balancer lentement sa grosse tête.

— Il s'est contenté de suivre les instructions du manuel. Migishima est un bon gars, mais il aurait dû venir me voir. (A cet instant un client entra, et la patronne apparut comme par magie en lui lançant un bonjour chaleureux.) Allons-y.

Noguchi se leva, sortit de sa poche un billet de 1 000 yen tout froissé et le tendit à Kimura.

Lorsqu'il l'eut rejoint dehors, Kimura lui expliqua avec force détails que l'addition ne se montait qu'à 1 450 yen, mais Noguchi refusa d'un geste les 275 yen de monnaie restant sur sa part et se mit en route.

— Yago reçoit de l'argent d'une bande affiliée au réseau Yamamoto, expliqua-t-il à Kimura quand celui-ci l'eut rattrapé. La bande a comme couverture un certain club général d'entraide, et ce sont eux qui possèdent le Fantasia Hotel et deux ou trois autres établissements du même genre à Kobe. Yago utilisait souvent le Fantasia et on ne lui présentait jamais la note.

— C'est ce que tu dis, fit Kimura d'un ton las.

Il connaissait trop bien les méthodes et le réseau d'informateurs dont disposait Noguchi pour contester ouvertement une information aussi précise. Et d'ailleurs, Migishima avait, sans l'aide de Noguchi, déjà partiellement mis à jour cette ramification.

Noguchi s'immobilisa brusquement et planta son regard dans celui de Kimura.

— C'est ce que je *sais*. Je n'ai pas perdu mon temps, tu sais, Kimura. Il n'y a aucun doute qu'il a tué cette petite pute. Mais c'est difficile à prouver. Aucun membre du personnel n'avouera reconnaître Yago.

— Bon, je suppose que tu as travaillé ce type, Nakayama. L'imprésario des gaijin. Mais n'oublie pas ce qui s'est passé avec le Vieux.

Ils reprirent leur chemin.

— Chapeau de l'avoir pris en main comme tu l'as fait, reconnut Noguchi d'un ton bourru.

C'était un vrai compliment de sa part, et même si Kimura était conscient de le mériter, il en éprouva une grande fierté.

— Merci, Ninja, fit-il d'un air épanoui. Mais il garde une dent contre toi. Il ne dévoilera pas ses batteries tant qu'il ne saura pas quelle est ta position exacte dans toute cette affaire. Et je ne te cache pas que, moi aussi, j'aimerais bien le savoir.

— Il me semble qu'il va mieux, non ? dit Noguchi comme s'il s'enquerrait de quelqu'un qui se remet d'un rhume. Je ne l'ai pas vu, hier.

Ils avaient atteint l'avenue et attendirent le feu vert en compagnie d'un groupe de piétons.

— Oui, il va beaucoup mieux. Il m'a appelé tôt ce matin pour me prévenir qu'il arriverait tard, et il s'est pointé vers dix heures et demie avec une tête à peu près normale. Il a eu une longue conversation au téléphone avec le procureur du district, puis m'a envoyé chercher et m'a parlé avec pondération de toute l'affaire. Sa femme n'a pas l'air d'avoir trop souffert.

Noguchi grogna.

— Il a parlé du netsuke ?

Kimura sourit en se remémorant la scène.

— Il a fait plus qu'en parler. Il m'a enfin montré la chose et l'a enfermée dans son coffre devant moi. Drôle de petite sculpture, hein ? Ça s'est passé juste après qu'il ait fait photographier les inscriptions par notre labo. Ça n'a pas donné d'aussi bons résultats qu'avec le matériel du musée, mais c'était lisible. Ensuite on est descendus et on a interrogé Yago et sa femme. Puis il m'a demandé de te dire d'aller voir le propriétaire de l'appartement ce matin, pendant qu'il appellerait le procureur. J'ai eu un mal fou à le persuader de te faire venir à la réunion de cet après-midi, tu sais. Il ne sait toujours pas de quel côté tu es.

— Il va bientôt s'en apercevoir, non ? (Ils se trouvaient à présent devant la Préfecture, et les rues étaient pleines d'employés de bureau profitant de leur pause déjeuner.) C'est à une heure et demie, tu m'as dit, non ?

Kimura consulta sa montre. Elle était de nouveau arrêtée. Cette saleté de montre épuisait une quantité incroyable de piles, et il prit la résolution solennelle d'acheter une des nouvelles Seiko avec de vraies aiguilles. Ça serait certainement plus fiable.

— Oui, confirma-t-il. Il doit être midi et demi. Nous ferions mieux d'y aller ensemble. Je ne veux pas qu'il te saute une nouvelle fois dessus.

Fait exceptionnel, le visage de Noguchi se fendit d'un sourire, puis les deux hommes se séparèrent après avoir convenu de se retrouver en bas, dans l'entrée, cinq minutes avant l'heure de la réunion. Noguchi disparut alors dans la direction de son trou à rat du rez-de-chaussée, tandis que Kimura décidait d'aller prendre un café. Il connaissait un petit bar tranquille juste à côté de la banque, de sorte qu'il eut le temps d'aller retirer de l'argent au distributeur avant de regagner le bâtiment grisâtre où l'attendait déjà Noguchi. Deuxième fait exceptionnel de la matinée, celui-ci avait mis une cravate.

Ils gravirent le large escalier en silence et longèrent le couloir conduisant au bureau d'Otani. Kimura jeta un regard furtif à Noguchi, qui gardait les yeux fixés droit devant lui. Même si son collègue n'était jamais très démonstratif, son silence avait quelque chose d'inquiétant, et ce n'est pas sans une certaine appréhension que Kimura frappa à la porte du commissaire, qui leur enjoignit aussitôt d'entrer. Il était presque exactement treize heures trente.

Otani, en uniforme, se tenait avec raideur près de son armoire à dossiers, entre son sinistre tableau romantique et la table basse entourée des deux fauteuils géométriquement disposés qu'ils utilisaient pour leurs réunions informelles. Contournant Kimura, Noguchi s'avança vers Otani et s'inclina respectueusement. C'était là une manifestation de courtoisie à laquelle Kimura ne l'avait jamais vu se livrer, et il en fut si stupéfait qu'il resta planté près de la porte en contemplant la scène.

— Je t'ai offensé, et je te demande pardon.

Noguchi avait prononcé ces mots avec toute la correction voulue, oubliant pour l'occasion son habituelle désinvolture de parler. Kimura aurait juré qu'il avait vu Otani cligner rapidement des yeux tandis qu'il s'inclinait à son tour avec cérémonie tout en s'excusant pour sa propre attitude. Puis les deux hommes restèrent face à face et Otani scruta le visage de Noguchi, décryptant son apparente impassibilité avec l'acuité que lui conférait leur vieille amitié. La tension finit par se résorber, et Otani se détourna avec gaucherie tandis que Kimura prenait sa place habituelle sur le sofa.

— Il est temps de parler en toute franchise, déclara Otani d'un ton contraint. Vous en êtes bien conscients tous les deux, n'est-ce pas ? ajouta-t-il en se laissant tomber dans son fauteuil.

Noguchi fut le dernier à s'asseoir, et il s'installa à son aise avant de répondre.

— Oui. Nous aurions dû le faire plus tôt. Ça aurait évité ces malentendus. Ta femme va bien, n'est-ce pas ?

Ce retour à la familiarité taciturne qui lui était habituelle n'était pas entièrement convaincant, mais c'était une façon de tendre une perche à Otani, dont il attendait en retour un geste de sympathie.

Le regard du commissaire finit par s'adoucir et il eut un bref sourire.

— Elle ne tardera pas à être tout à fait rétablie. Je vous remercie tous les deux. Encore un peu secouée, bien sûr. Et moi aussi, d'ailleurs. Je préférerais que nous laissions un homme devant la maison pendant un jour ou deux. (Il se tut quelques secondes, puis regarda alternativement Kimura et Noguchi.) Bon, allons-y, reprit-il avec vivacité. Reprenons tout ça depuis le début. Je n'ai pas été très clair ni avec l'un ni avec l'autre, donc je vais commencer. Vous savez que je n'aime pas marcher sur vos plates-bandes, Kimura-kun, mais il y a quelque temps, je me suis mis en tête d'aller faire un tour au Fantasia Hotel. Je ne voulais pas qu'on sache qui j'étais, et donc j'ai emmené ma femme avec moi…

L'atmosphère changea de manière sensible au fur et à mesure du récit d'Otani, et lorsqu'il eut terminé, les trois hommes avaient retrouvé leurs positions familières. Kimura, assis avec élégance, une jambe soigneusement posée sur l'autre pour ne pas froisser le pli de son pantalon, soignait ses ongles, tandis que Noguchi, les yeux clos, paraissait s'être assoupi. Quant à Otani, il semblait avoir retrouvé à la fois son éloquence magistrale et le plaisir de s'entendre parler, trait de caractère qui l'aurait sans doute horrifié si on le lui avait fait remarquer.

Quand Otani eut fini, il voulut boire du thé vert, et Kimura en fit apporter. Les trois hommes se turent un instant pour boire quelques gorgées du thé préféré d'Otani.

— A toi de parler, Ninja, fit alors Otani. Et j'espère que tu seras convaincant.

Le fait qu'il utilise, pour la première fois depuis l'enlèvement d'Hanae, le surnom de Noguchi était un signe encourageant, mais un reste de méfiance était perceptible dans sa manière, et un certain froid marqua le début de l'intervention de Noguchi.

Le discours n'étant pas son fort, son récit se composa de phrases entrecoupées et d'affirmations brutales. A plusieurs reprises, Kimura ouvrit la bouche pour faire une remarque, mais, s'attirant à chaque fois un regard furibond d'Otani, s'abstint de tout commentaire.

Bien que décousue, l'histoire de Noguchi était intéressante. Il confirma qu'en tant que prévôt détaché auprès du grand quartier général de l'Armée impériale d'occupation des Philippines, il avait travaillé au côté du général Yago, père du membre de la Diète actuellement enfermé dans une cellule du sous-sol. On se perdait en conjectures sur la personnalité et les centres d'intérêt du général, dont seule la passion pour les arts était célèbre. Son état-major lui avait d'ailleurs rapporté un certain nombre de pièces de grande valeur, mais une rumeur insistante soutenait qu'il avait surtout rassemblé une énorme quantité d'or saisi dans les coffres de différentes banques ou confisqué à des particuliers aisés. Il avait ensuite ostensiblement fait appareiller un bateau vers le Japon en prétendant que l'or se trouvait à bord, mais le bruit courait que le général l'avait en réalité enterré dans un endroit secret d'une région éloignée de Manille.

Noguchi précisa également que, comme la plupart des officiers supérieurs, plutôt que de louer les services des prostituées japonaises envoyées à Manille pour leur plaisir, le général avait pris une maîtresse philippine à laquelle il passait pour s'être beaucoup attaché, surtout après qu'elle eut donné naissance à une petite fille.

— Cleo. Un drôle de nom. J'ai jamais su ce qui était arrivé au bébé, mais récemment j'me suis dit que l'âge de la fille Ventura pouvait coïncider...

La voix rocailleuse de Noguchi mourut, et Kimura étouffa une exclamation outrée tandis qu'Otani l'enjoignait d'un geste au silence.

— Je l'ai déjà dit et je le répète encore une fois, intervint le commissaire. Soit nous nous faisons mutuellement confiance, soit nous ne nous faisons pas confiance. Ninja, je veux bien admettre que tu pensais agir dans mon intérêt. Mais cette affaire n'aurait sans doute pas pris ces proportions si tu nous avais dit tout ça dès le départ. (Une légère rougeur lui monta aux joues.) Comme je vous l'ai dit, je m'en veux à moi aussi. En fait, on dirait que vous êtes le seul à avoir gardé la tête froide, Kimura.

Se pâmant sous le compliment, Kimura tendit les deux mains dans un geste de pardon et d'effacement du contentieux.

— Il apparaît enfin que nous sommes sur la bonne voie, et ce n'est pas trop tôt, reprit Otani. Notre hypothèse sur les coordonnées géographiques semble avoir été une bonne idée. Nous avons maintenant huit des neuf netsuke en notre possession. Je me demande si les experts pourront déterminer la cachette du trésor sans le neuvième ? Le général avait dû donner ce netsuke à la mère, mais la fille n'en a jamais compris la signification. La question est maintenant de savoir ce qu'il a fait du neuvième netsuke.

Otani était aux anges. C'était de nouveau comme au bon vieux temps.

— Tout s'emboîte, reprit-il avec enthousiasme. Vous voyez bien que ça explique que Yago ait tout fait pour récupérer le huitième netsuke dès qu'il a su que je l'avais retrouvé. Il a certainement le neuvième, et il sait que la localisation exacte du trésor ne peut être obtenue qu'avec la série complète. Le général lui a vraisemblablement remis le neuvième quand il a été arrêté et jugé comme criminel de guerre. Nous saurons vite si Yago a essayé de retrouver la trace de sa demi-sœur... quelle histoire mouvementée ! Et il l'a tuée parce qu'elle refusait de l'aider… quoique d'un autre côté, il se privait de la dernière chance de mettre la main sur le netsuke manquant.

Otani s'appuya à son dossier et essaya d'imiter la mimique des lèvres de Nero Wolfe, ce qui ne lui apporta pas la solution du problème, bien que Wolfe soit l'un de ses détectives favoris.

— L'affaire est beaucoup plus claire, mais il reste encore des tas de choses à débrouiller, finit-il par conclure.

— Comment s'est passé la conversation avec le procureur ? demanda Kimura avec quelque vivacité.

L'inspecteur ressentait une certaine irritation à se trouver dépossédé de l'intitiative qu'il avait exercée, avec un incontestable plaisir, au cours des derniers jours, alors même qu'il s'inquiétait gravement de l'état mental d'Otani. Sa question était d'ailleurs un avertissement voilé à l'adresse du commissaire afin que celui-ci ne recommence pas à tout garder pour lui.

— Ah oui, le procureur… soupira celui-ci. Eh bien, comme vous l'imaginez, l'arrestation d'un membre de la Diète a causé beaucoup d'émoi à Tokyo. Peu importe, apparemment, que nous l'ayons attrapé la main dans le sac comme kidnappeur et qu'il ait très certainement commis un meurtre. Il a de nombreux et puissants amis dans les milieux politiques, sans parler de tous les yakuza de la région qui seraient prêts à lui donner un coup de main... Mais nous n'allons pas le laisser s'en sortir comme ça...

Otani se tut, tremblant d'indignation au souvenir encore frais de ce qui était arrivé à sa femme, et il fouilla dans ses poches à la recherche d'une cigarette. Kimura se pencha et lui donna du feu.

— Yago est un dur, reconnut Kimura. Mais hier, à la fin de l'interrogatoire, vous étiez arrivé à lui rabattre un peu le caquet. Et nous ne savions pas encore ce que vient de nous apprendre Ninja.

Noguchi ouvrit un œil.

— Refuse toute caution pour cet oiseau, grogna-t-il. Pas avant que je m'en sois occupé.

Otani écrasa sa cigarette à peine entamée, puis consulta sa montre.

— Il va nous falloir agir avec beaucoup de circonspection, dit-il. Et à partir d'aujourd'hui, on ne se cache plus rien, c'est d'accord ?

Kimura et Noguchi comprirent que le commissaire avait retrouvé toute sa forme.

Chapitre 20

— Je ne me sens pas du tout d'humeur à assister à un mariage, grommela Otani tandis qu'Hanae lui nouait sa cravate à rayures blanches et grises. Mais tu es ravissante, ajouta-t-il en la détaillant de ce regard qui la faisait rougir à chaque fois.

En effet, Hanae avait une allure splendide dans son kimono noir à ourlet brodé d'argent, orné du blason de la famille Otani reproduit en haut des manches et entre ses graciles omoplates. Elle avait été chez le coiffeur dans la matinée et ses cheveux noirs étaient une merveille étincelante.

Dès la veille au soir, Otani avait commencé à se plaindre de l'enthousiasme dont faisait montre Hanae à l'égard de ce qui pour lui n'était qu'une corvée. Car si Migishima et l'agent féminin Terauchi avaient quelques raisons de gazouiller à la veille de leur mariage, judicieusement prévu un jour de « Paix maximale » selon la tradition chinoise, il ne voyait pas pourquoi Hanae manifestait une telle excitation de jeune vierge. Il lui avait même reproché d'en faire encore plus que pour le mariage de leur propre fille Akiko.

Il enfila d'un air rageur son smoking de location, puis alla dans l'entrée pour s'assurer que le taxi était toujours là. Ils avaient tout leur temps mais, malgré ses déclarations rebelles, il n'aurait jamais osé arriver en retard pour la réception prévue à la salle des mariages de Kobe.

Hanae s'examina une dernière fois dans la petite glace du salon, puis rejoignit Otani et, depuis la dernière marche de bois poli, glissa les orteils dans ses sandales toutes neuves qui l'attendaient dans l'entrée. Elle avait de petits pieds bien tournés, et ses socquettes *tabi* d'un blanc immaculé pointaient joliment sous son kimono de soie. Otani l'examina une nouvelle fois tandis que le chauffeur du taxi bondissait pour leur ouvrir la porte, courtoisie qui appartiendrait bientôt au passé en raison de la généralisation des portes à ouverture automatique actionnée par le chauffeur depuis son siège. Hanae avait une expression curieuse, presque effrontée, en tapotant l'obi impeccablement noué autour de sa taille. Otani aurait payé cher pour connaître la raison de l'affaire urgente qui l'avait tenue éloignée de la maison la plus grande partie de l'après-midi de la veille. Elle lui avait téléphoné au bureau pour le prévenir qu'elle s'absentait deux ou trois heures.

Hanae babilla pendant presque tout le trajet de Rokko jusque dans le centre de Kobe, commentant à n'en plus finir les projets de lune de miel de Migishima et de sa jeune épouse, projets dont bourdonnait la Préfecture tout entière et sur lesquels Hanae avait impitoyablement interrogé Otani. On était alors au tout début décembre et, bien qu'Otani lui fasse remarquer que la température était encore très clémente, Hanae ne cessait d'évoquer avec une pointe de jalousie les parfums envoûtants et le soleil d'Hawaï. La présence des Otani à la cérémonie était indispensable, mais ils avaient décidé de s'épargner le trajet jusqu'à l'aéroport international d'Osaka où proches et amis souhaiteraient bon voyage aux jeunes mariés, et comme la cérémonie elle-même avait été prévue à midi et que la réception serait terminée à deux heures et demie au plus tard, ils seraient de retour chez eux vers trois heures, avec le reste de l'après-midi pour eux.

La salle centrale des mariages, proche du temple Ikuta, avait conclu un arrangement financier avec les autorités shintoïstes, suivant lequel le prêtre pouvait officier dans la petite chapelle, bâtie au milieu d'un complexe de restaurants, de salons de coiffure et de studios photographiques, conçue pour pouvoir célébrer jusqu'à vingt mariages par jour en pleine activité. Il s'avéra que les parents de l'agent féminin Terauchi jouissaient d'une certaine aisance. Au lieu du service économique, de loin le plus courant, pour quarante personnes, ils avaient opté pour que l'échange de tasses de saké et les offrandes votives ait lieu à l'intérieur même du temple Ikuta, et tandis qu'Otani et Hanae attendaient, dans le salon attenant à la salle des mariages, que tous les invités soient arrivés, ils réalisèrent que la réception avait été prévue pour au moins cent personnes.

Seuls une douzaine d'invités avaient été admis dans le temple pour assister à la cérémonie elle-même. Ce privilège était réservé à la famille proche, au prêtre et à une ou deux vierges du temple, et naturellement à l'intermédiaire. Les Otani avaient une bonne demi-heure d'attente devant eux, mais elle s'écoula agréablement grâce au « thé du bonheur » spécialement fourni pour l'occasion, et ils adressaient de temps à autre des signes de tête en réponse aux formules de politesse des officiers de police venus les saluer.

Kimura était resplendissant dans un pantalon rayé et un très élégant veston, si seyants qu'il paraissait tout droit sorti d'un magazine de mode. Il s'inclina profondément devant les Otani, et Hanae évita son regard pendant qu'il échangeait quelques mots avec son mari. Son embarras fut heureusement abrégé par l'apparition du maître de cérémonie, frère aîné de la mariée, qui demanda aux invités de gagner leurs places dans la salle de réception. Tenant le micro trop près de sa bouche, un sifflement assourdissant accompagna son annonce.

Comme il convenait à leur statut, les Otani furent placés à proximité de la table principale, et installés devant un véritable arsenal de couteaux, fourchettes et cuillères. Un silence attentif s'installa, puis il y eut une brève agitation du côté de l'entrée, mais le calme revint tandis que les accents de la *Marche nuptiale* de Mendelssohn résonnaient dans la vaste salle et que tous les invités se levaient autour des tables rondes, chacune marquée en son centre d'une petite pancarte pour aider au *placement*[1]. A côté des tables baptisées des traditionnels Pin, Prunier, Bambou ou Chrysanthème, il y avait des titres plus imaginatifs comme Iris, Rose ou Erable. Les Otani partageaient la

1. En français dans le texte.

table Erable avec deux autres couples, et ils eurent une bonne vue de la petite procession qui serpenta dans l'assistance sous la lumière des chandeliers.

La mariée et son époux étaient précédés par le maître de cérémonie. Migishima avait belle allure dans sa tenue traditionnelle classique, la soie noire de sa courte veste *haori*, ornée comme le kimono d'Hanae d'armoiries familiales, contrastant avec les rayures bleues et grises de la raide jupe fendue *hakama* qui lui descendait jusqu'aux chevilles. Il marchait avec une solennelle impassibilité, ce qui ne lui était pas très difficile puisqu'il portait de simples sandales de fine paille tressée. La nouvelle Mme Migishima avait beaucoup plus de difficulté, entravée qu'elle était par son étroit kimono nuptial et clopinant sur de hautes *geta* de bois laqué tout en maintenant en équilibre sur sa perruque une lourde coiffure de soie brodée. Sa mère marchait à son côté, la soutenant par le coude, l'aidant de temps à autre à se dépêtrer le pied d'un pli du raide brocart de sa robe. L'épais maquillage blanc interdisait toute expression du visage, et en la regardant, Otani se demanda une seconde si sous cette crêpe livide se dissimulaient bien les traits vifs et presque polissons de l'agent Junko Terauchi.

Puis, apercevant Ninja Noguchi, il crut avoir rêvé et ferma un instant les yeux avant d'examiner son subordonné dans le rôle de l'intermédiaire nuptial. Le visage rouge de confusion, les yeux résolument fixés au plafond de la salle, Noguchi fermait la marche, sourd aux applaudissements qui crépitèrent jusqu'à ce que les membres de la petite procession aient pris place à la table principale. Le personnel du rayon location de costumes de soirée des magasins Daimaru avaient fait de leur mieux pour Noguchi. Son pantalon lui allait convenablement : les hommes de sa circonférence n'étaient pas si rares, et il aurait paru presque mince à côté d'un lutteur de sumo. Mais il est vrai que les lutteurs de sumo préfèrent, non sans raison, les yukata en coton aux smokings et cravates à rayures. C'étaient la veste et le gilet qui détonaient. Afin de couvrir le véritable tonneau qu'était le buste de Noguchi, on avait dû recourir à des vêtements beaucoup trop grands, de sorte que la queue de son smoking noir traînait presque par terre et que ses manches lui recouvraient une bonne partie des mains.

Hanae faillit pouffer de rire, mais au lieu de ça, à sa propre surprise, elle sentit les larmes lui monter aux yeux devant la vulnérabilité de Noguchi. Elle se débrouilla pour croiser son regard, mit toute la chaleur qu'elle put dans son expression et applaudit à tout rompre. Quelque peu décontenancé, Otani se joignit bientôt à elle, et les autres invités les imitèrent. Fut-ce à cause de ça, ou parce qu'après tout c'étaient les jeunes mariés qui se trouvaient au centre de l'attention générale, toujours est-il que l'air de chien battu de Ninja disparut peu à peu. Lorsqu'il prit place à la droite de Migishima, il avait retrouvé son allure impressionnante, et quand il lui fallut aller au micro présenter ses félicitations et vœux de bonheur, tout le monde avait déjà un petit coup dans le nez, et Otani, comme Kimura, se joignit de bon cœur aux cris joyeux et aux commentaires divers qui accueillirent son discours largement incompréhensible.

En définitive, le mariage des Migishima finit par ressembler à toutes les cérémonies japonaises, dans lesquelles, une fois qu'on a rompu la glace et commencé à boire, toutes les formalités protocolaires se dissolvent. Tandis que les plats succédaient aux plats et que chacun goûtait à des pâtés inconnus, à un poulet en sauce blanche avec riz *et* pain, à la salade de fruits et aux glaces, les hommes se levaient pour faire le tour des tables à la recherche de compères avec qui boire un toast.

Bientôt la jeune mariée fut escortée hors de la salle pour réapparaître vingt minutes plus tard, au milieu des applaudissements, en robe nuptiale blanche à l'occidentale. Elle semblait beaucoup plus à l'aise et, maintenant qu'il était possible de distinguer les traits de son visage, sa vivacité habituelle recommençait à transparaître. Alors qu'Otani faisait la grimace en avalant une gorgée du vin rouge japonais qu'il s'obstinait à boire, Hanae se pencha vers lui.

— Elle est exquise, tu ne trouves pas ? fit-elle.

Otani examina la mariée. Il n'était pas vraiment de mauvaise humeur et, quoiqu'il n'ait jamais compris ce que les gens trouvaient au vin rouge, il participait de bon cœur au chahut grandissant, tandis que de nombreux invités se présentaient les uns après les autres devant le micro pour bredouiller des vœux incohérents à l'adresse des deux jeunes époux. L'intervention la plus comique fut le fait de son chauffeur Tomita, qui, surgi de nulle part dans un costume bleu bon marché mais flambant neuf, mobilisa l'attention générale en entonnant une chanson sentimentale.

— C'est une belle fête, finit par admettre Otani. Mais j'ai hâte de te ramener à la maison. Je me fiche de la mariée.

Enfin les réjouissances se terminèrent. Les discours se firent de plus en plus décousus au cours du quart d'heure qui suivit le départ des deux mariés, et tout se termina très vite quand le bruit courut qu'ils étaient prêts à se rendre à l'aéroport. Comme le reste de l'assistance, les Otani rejoignirent l'entrée du bâtiment au moment où les Migishima émergeaient pour la dernière fois du salon d'habillage. Elle avait passé un ensemble de soie rose et un corsage blanc, tandis que son mari arborait un costume tropical de lin crème. Hanae joignit les mains et soupira d'un air envieux. Hawaï. Ce simple mot était d'un romantisme irrésistible. Puis les jeunes mariés montèrent dans leur voiture de location chargée de bagages blancs tout neufs, et de nombreux invités s'entassèrent dans des taxis et des voitures particulières pour les suivre jusqu'à l'aéroport. Les appareils photo et caméras ne cesseraient de les mitrailler qu'une fois accomplies les formalités de douane et franchie la limite du hall de départ, relayés alors par les attentions de l'équipage de la JAL, qui dorloterait le jeune couple pendant la durée du vol jusqu'à Honolulu.

Otani s'inclina pour saluer les personnes restées sur le trottoir à l'extérieur de la salle des mariages, tandis que les passants esquivaient avec discrétion le petit groupe d'hommes et de femmes vêtus de leurs plus beaux atours, chacun serrant entre ses mains le présent enveloppé dans du tissu mauve que leur avait remis avant de partir le personnel du service des cadeaux du grand magasin ayant organisé la cérémonie.

— Je me demande ce que c'est, fit Hanae alors qu'ils s'installaient sur la banquette arrière de la voiture qui les ramenait à la maison.

La coutume de remettre un cadeau à chaque invité d'un mariage était coûteuse, mais toujours accomplie de bon cœur.

— A mon avis, ça doit être un de ces présentoirs pour café soluble, fit Otani en soupesant le paquet. Nous pourrons toujours l'offrir à quelqu'un pour le Nouvel An.

Il avait un léger mal de tête, mais rien de très douloureux. Il ferma toutefois les yeux durant le trajet jusqu'à Rokko. Le mariage de Migishima avait hanté sa conscience tout au long des investigations ardues et des délicates négociations exigées par la conclusion de l'affaire Ventura. C'était un véritable soulagement d'être enfin débarrassé de cette cérémonie, même si elle lui avait demandé peu d'efforts. Pourtant, le fait qu'il ait dû presque quotidiennement encourager un Noguchi de plus en plus paniqué à assumer ses responsabilités d'inter-médiaire avait grandement contribué à restaurer leur ancienne relation et à effacer les derniers doutes d'Otani quant au rôle de son collaborateur dans l'affaire, doutes qui l'avaient amené si près de l'irrémédiable.

Tandis que se poursuivait l'interrogatoire des Yago et que les appréhensions du procureur devant l'inculpation d'un politicien aussi connu étaient apaisées une à une, il devenait de plus en plus clair aux yeux d'Otani que depuis le début Noguchi n'avait eu en tête que de protéger, même maladroitement, Hanae et lui-même contre la brutalité de la famille Yago, qu'il était bien placé pour connaître. Ayant retrouvé sa confiance en lui-même et toutes ses capacités professionnelles, Otani était parvenu à d'excellents résultats dans son interrogatoire de Yago. Il était maintenant fermement établi, et transcrit dans des dépositions officielles, que le politicien avait rencontré Cleo Ventura à Manille. Il parut dire vrai lorsqu'il jura ne s'être jamais douté qu'elle était sa demi-sœur, impression confirmée par le choc évident qu'il accusa en réalisant qu'il avait commis un inceste avec elle.

Petit à petit, avec une infinie et tortueuse patience, Otani parvint à établir que le fils du général était conscient de l'importance de reconstituer la série complète des netsuke, et qu'il avait à cet effet entrepris plusieurs tentatives pour récupérer les sept figurines de la collection du musée. Cédant aux pressions subtiles mais obstinées d'Otani, Yago finit par reconnaître qu'il avait appris que Cleo Ventura en possédait un, et qu'il avait tenté plusieurs fois de s'en emparer, ce qui avait éveillé les soupçons de la fille, qui jusque-là n'avait considéré la petite sculpture que comme un simple porte-bonheur.

La police savait maintenant que c'est Yago qui avait poussé Cleo Ventura à revenir au Japon, où il était devenu un de ses clients réguliers. Mais le grand succès d'Otani avait été d'extorquer un aveu de meurtre de la part de Yago. Cet aveu avait constitué le couronnement curieusement dépassionné de toute la procédure d'interrogatoire, et Otani avait été heureux que Kimura et Noguchi soient présents au moment où, d'une voix posée, Yago avait admis presque avec soulagement qu'il avait bien tué la fille dans la chambre de la Douce Harmonie du Fantasia Hotel. Plus tard, les trois policiers convinrent qu'il disait probablement la vérité lorsqu'il expliqua qu'il avait agi sous le coup d'une colère aveugle quand la fille l'avait mis au défi de trouver le netsuke qu'il désirait tant.

Même un politicien influent ne peut pas commettre un crime en toute impunité. Le personnel de l'hôtel, tout d'abord intimidé par le gang qui contrôlait l'établissement, commença par couvrir Yago, mais Kimura et Noguchi parvinrent sans trop de difficulté à obtenir, en jouant sur les preuves collatérales, les aveux du réceptionniste et de la femme de ménage qui avait découvert le corps.

Mais c'était le problème de la localisation du netsuke détenu par Yago, celui à l'effigie de Thalie, muse de la Comédie, qui occupait l'esprit d'Otani tandis que la voiture approchait du mont Rokko et commençait à grimper vers leur vieille maison, au bout d'une rue qui se transformait ensuite en sentier s'enfonçant dans les hauteurs boisées. Hanae entra dans la maison pendant qu'Otani réglait le chauffeur, et il la chercha dans tout le rez-de-chaussée.

— Je suis en haut, fit la voix étouffée d'Hanae qui l'entendait aller et venir.

Otani gravit les marches polies de l'escalier tout en déboutonnant son gilet.

Hanae sourit d'un air énigmatique en l'aidant à quitter son costume de location, le pliant avec soin dans la valise en plastique qu'elle rapporterait le lendemain au magasin, et Otani grogna de plaisir quand il revêtit le yukata de coton fraîchement repassé qu'elle lui tendit.

— Aide-moi à enlever mon obi, lui commanda-t-elle alors en lui tournant le dos.

Otani défit le nœud, puis replia le lourd tissu de soie sur son bras pendant qu'Hanae tournait lentement sur elle-même pour dérouler l'obi. Son kimono noir était maintenu, sous l'obi, par des bandes plus fines de tissu, et Hanae défit délicatement le nœud qui les retenait. Ce faisant, elle découvrit un petit paquet enveloppé dans de la soie, qu'elle tendit à Otani.

— Un cadeau pour toi, fit-elle d'un air triomphal tandis qu'il découvrait peu à peu Thalie, la muse de la Comédie.

Otani s'assit lentement sur le tatami et s'appuya contre la section de tronc de cyprès poli qui marquait la limite de l'alcôve du *tokonoma*, avec son simple bouquet de chrysanthèmes arrangé dans une coupe en céramique posée sur le plancher surélevé. Il ouvrit et referma plusieurs fois la bouche en faisant tourner le netsuke entre ses doigts, puis leva les yeux vers Hanae et haussa un sourcil interrogateur, les lèvres pincées.

— C'est à cause des boutons de cette femme, vois-tu, commença Hanae qui eut brusquement peur que son astuce ne recueille pas l'enthousiasme qu'elle escomptait. J'ai vu la photo des Yago à la télé, et elle portait le même manteau que lorsqu'elle est venue ici le soir où j'ai été enlevée. Les boutons… bredouilla-t-elle encore une fois.

— Les boutons, répéta Otani d'une voix épaisse.

— Oui, ils étaient très curieux. C'est ça qui m'a donné l'idée. L'appartement était au-dessus d'une mercerie. J'y suis retournée… ils en ont une quantité incroyable là-bas. Des centaines de boîtes, chacune avec un modèle collé sur le devant. Le boutiquier m'a laissée fouiller partout – il ne savait pas qui j'étais, bien sûr – et quand il a vu que j'en aurais pour un bon moment, il m'a laissée faire... J'ai eu vite fait de repérer la boîte que je cherchais, mais je ne voulais pas paraître trop excitée.

Hanae était devenue rouge de confusion sous le regard réprobateur d'Otani.

— Je… hum… je n'avais jamais rien volé jusqu'alors, et quand j'ai trouvé le netsuke enveloppé dans un morceau de chiffon, caché sous les boutons au fond de la boîte, et que je l'ai glissé dans mon sac, j'étais persuadée que le vendeur m'avait vue. Ensuite, j'ai acheté des tas de boutons. (Elle baissa la tête.) Pour qu'il ne se doute de rien, conclut-elle d'une voix mourante.

Hanae regarda d'un air timide Otani qui, sans un mot, se redressait sur les genoux, puis se mettait debout, serrant le netsuke dans sa main, le visage indéchiffrable. Elle eut l'impression qu'une éternité s'écoulait avant que, d'une voix contenue, il se décide à parler.

— Pour qu'il ne se doute de rien… répéta-t-il en hochant la tête. Certes, il était préférable qu'il ne se doute de rien, n'est-ce pas ? (Il ouvrit les doigts et saisit délicatement la petite sculpture entre pouce et index, l'éleva à hauteur de son visage et l'examina sous tous les angles.) Voyons voir. Ça ne devrait pas être très compliqué. Tout ce qu'il me reste à faire, c'est de fournir une explication convaincante au ministère de l'Education, au directeur général de l'Agence pour les affaires culturelles, au directeur de l'Agence nationale de police, au directeur du musée national de Kyoto… sans oublier bien sûr la section juridique de l'Agence de défense, qui s'occupe du butin de guerre. Ah ! et puis j'oubliais le ministère des Finances et le ministère des Affaires étrangères. Et enfin la Commission de sécurité publique de la préfecture de Hyogo, parce qu'il va me falloir deux semaines de congé.

Hanae cligna des yeux lorsque Otani lui décocha un de ses exceptionnels sourires radieux, puis elle s'approcha de lui tandis qu'il ouvrait les bras et l'enlaçait en la serrant contre lui, avant de la gratifier d'une de ces terrifiantes grimaces de *kabuki* qui la faisaient immanquablement rire aux larmes.

— Ça devrait nous suffire, sauf naturellement si je suis obligé de te jeter en prison, grogna-t-il quand le fou rire d'Hanae se calma. (Elle eut du mal à articuler ses mots entre deux hoquets, mais finit par lui demander de quoi il voulait parler.) Des Philippines, bien sûr. Il me paraît évident que la seule chose à faire, c'est d'aller chercher le trésor nous-mêmes.

Sur ce, il adressa un clin d'œil à Hanae et fit mine d'embrasser la muse de la Comédie.

Mais devant l'expression de sa femme, son sourire se figea puis s'effaça tout à fait en l'entendant parler.

— Je te remercie, fit-elle d'un ton pincé, mais je préférerais Londres. Nous pourrons loger chez Akiko. Elle m'a appelée hier pour m'annoncer que son mari venait d'être nommé pour au moins trois ans au bureau londonien de son entreprise. Ils partiront juste après le Nouvel An. Je me suis dit que nous pourrions attendre qu'ils soient installés, et leur rendre visite l'été prochain...

— Londres ? *Londres ?* coassa Otani d'une voix étranglée.

Finir d'éclaircir toutes les zones d'ombre subsistant dans l'affaire du netsuke serait un jeu d'enfant comparé à *ça*.

GRANDS DETECTIVES,

SUIVEZ-LES EN 10/18.

Le juge Ti
par Robert Van Gulik

Il y a deux atouts magistraux dans les manches de sa robe de juge en brocart vert : l'agilité de son esprit, qui dénoue les énigmes les plus difficiles et déjoue les ruses les plus malignes, et l'air du temps dans lequel il vit. Van Gulik nous plonge, sans le moindre didactisme, dans la vie quotidienne sous les T'ang, comme s'il pilotait une invisible machine à remonter le temps. La merveille de ces romans policiers qui ne ressemblent à aucun, c'est de nous offrir à la fois les clés d'une tête très maligne et d'un pays fabuleux et vrai: la Chine, ingénieuse nation dont l'ingénieux juge Ti est le digne fils.

Claude Roy
LE NOUVEL OBSERVATEUR

Assassins et poètes, n°1715
Le collier de la princesse, n° 1688
L'énigme du clou chinois, n° 1723
Le fantôme du temple, n°1741
Le juge Ti à l'oeuvre, n°1794
Meurtre à Canton, n°1558
Meutre sur un bateau-de-fleurs, n°1632
Le monastère hanté, n°1633
Le motif du saule, n°1591
Le mystère du labyrinthe, n°1673
Le paravent de laque, n°1620
Le pavillon rouge, n°1579
La perle de l'empereur, n°1580
Le singe et le tigre, n°1765
Le squelette sous cloche, n°1621
Trafic d'or sous les t'ang, n°1619
Trois affaires criminelles
résolues par le juge Ti, n°1917
Le jour de grâce, n°2294

Frère Cadfael
par Ellis Peters

Ces vieilles anglaises n'en finiront jamais de nous surprendre. Célèbre dans son pays, Ellis Peters, soixante-dix-neuf ans, trousse des "polars" comme, d'ordinaire, les autres mamies ravaudent leurs rideaux. Avec elle, on n'est pas loin de Conan Doyle quand il signait des romans d'aventures historiques, et il y a sans doute du Sherlock Holmes chez le très sagace frère Cadfael, moine bénédictin de l'abbaye des Saints-Pierre-et-Paul de Shrewsbury au XIIe siècle. Et puis, dans ses livres, il y en a pour tous les goûts: énigmes criminelles, aperçus historiques, histoires d'amour. Conteuse hors pair, dame Peters !

MADAME FIGARO

Les ailes du corbeau, n° 2230
L'apprenti du diable, n° 2136
Le capuchon du moine, n° 1993
La foire de Saint-Pierre, n° 2043
Le lépreux de Saint-Gilles, n° 2044
Le moineau du sanctuaire, n°2087
Le pèlerin de la haine, n° 2177
La rançon du mort, n° 2152
Trafic de reliques, n° 1994
Un insondable mystère, n° 2203
La vierge dans la glace, n° 2086
Une rose pour loyer, n°2256
L'ermite de la forêt d'Eyton, n°2990
La confession de frère Haluin, n° 2305
L'hérétique et son commis, n°2333

Jim Qwilleran et ses deux chats siamois Ko Ko et Yom Yom

par Lilian Jackson Braun

Lilian Jackson Braun (née en 1916), écrit des romans fantastiques qui se cachent derrière une apparence de policiers. Il y a bien toujours un meurtre, mais à vrai dire tout le monde l'oublie assez vite, l'essentiel étant l'évocation d'un Comté imaginaire, au nord du Nord, de ses traditions bizarres, de ses habitants très légèrement décalés. Très loin du whisky des durs à cuire, et du thé de Miss Marple, Qwilleran ne boit que du jus de raisin, et de toute façon ne découvre jamais rien, car s'il est bien le héros de ces histoires bizarres, le vrai big boss, le malin, le Holmes des neiges, c'est son chat. Bref, Jackson Braun écrit des histoires délicieusement cinglées, un peu bancales et attirantes comme des rêves éveillés.

Evelyne Pieiller
MAGAZINE LITTERAIRE

Le chat qui voyait rouge, n° 2188
Le chat qui jouait Brahms, n° 2189
Le chat qui jouait au postier, n° 2245
Le chat qui connaissait Shakespeare, n° 2246
Le chat qui lisait à l'envers, n° 2278
Le chat qui mangeait de la laine, n° 2279
Le chat qui aimait la brocante, n° 2280
Le chat qui sniffait de la colle, n° 2303
Le chat qui inspectait le sous-sol, n° 2321
Le chat qui parlait aux fantômes, n°2350

ACHEVÉ D'IMPRIMER SUR LES PRESSES
DE COX & WYMAN LTD. (ANGLETERRE)

Dépôt légal : avril 1993
N° d'éditeur : 2281
Imprimé en Angleterre